「ただの獣じゃないと、お前の『家族』でいられないか？　人の姿を取る俺は――嫌か？」

家族か、家族じゃないか。

そんなことを決めるのは、フィンリィの方では無いというのに。

思いながら硬直するフィンリィの体を、相手は優しく引き寄せた。

腕の中にすっぽりと収まる。慣れた毛並みの感触は無い。

逞しい腕と、体躯は間違いなく人間のものだ。それなのに、日向の匂いは同じだった。

「フィンリィ」

柔らかい声が名前を呼んだ。

生まれてから長らく、誰も呼んでくれることの無かった自分の名。

「ずっと呼んでやりたかった」

不遇の王子と聖獣の寵愛
Fugu no ouji to seijyu no choai

不遇の王子と聖獣の寵愛

貫井ひつじ

23796

角川ルビー文庫

目次

口絵・本文イラスト／鈴倉温

序章

「お前も一人なの？」

朽《く》ちたまま放置された廃墟《はいきょ》の石塔《せきとう》。

石壁《いしかべ》が崩《くず》れ、室内の様子が剝《む》き出しになっている。その暗がりから覗《のぞ》く青い双眸《そうぼう》にフィンリィは、そう問いかけた。僅《わず》かな光が差し込み、相手の体の輪郭《りんかく》を白く浮《う》き上がらせる。

身を低くして、じっとフィンリィの動きを窺《うかが》っている生き物の瞳《ひとみ》からは、確かな警戒《けいかい》の色が感じられた。

フィンリィは、暗がりに目を凝《こ》らして首を傾《かし》げる。

王城にある資料室の膨大《ぼうだい》な文献《ぶんけん》の殆《ほとん》どに目を通している筈《はず》なのだが、そのフィンリィにしても、目の前の生き物がなんという動物なのか見当が付かなかった。

猫《ねこ》に似ているが、猫より体が随分《ずいぶん》大きい。犬と呼ぶにしては、耳や尻尾《しっぽ》の形が異なっている。丸みを帯びた耳も、警戒するようにゆらゆらと揺《ゆ》れる太くて長い尻尾も、フィンリィの知識と一致《いっち》する動物はいない。

正体不明の生き物が、王城の近くに棲息《せいそく》している。

本来なら衛兵に知らせて、この生き物を捕獲《ほかく》し、人の住まう土地から追い出すよう指示するのが正しい選択《せんたく》だ。しかし、フィンリィは敢《あ》えてそれをしなかった。

相変わらず、じっとフィンリィから視線を逸《そ》らさない生き物に、フィンリィは手を差し伸《の》べて声をかける。

「お前、僕と一緒《いっしょ》に来る？」

問いかけには、切実な懇願《こんがん》が混じっていた。

——来て欲しい。

出来ることならば、一緒に来て欲しい。共に、側《そば》に、いて欲しい。

けれども、それは強制出来ることでは無い。そもそも、フィンリィのこの問いかけが、目の前の生き物にどこまで通じているのか分からない。

——獣《けもの》相手に何をやっているのだろう。

そんなことを考えながら、微《かす》かに自嘲《じちょう》の笑《え》みを浮かべるフィンリィに、青色の双眸が怪訝《けげん》そうに瞬《まばた》きをした。闖入《ちんにゅう》者であるフィンリィの意図を見定めようとでもするように、その瞳が細くなる。

「……何もしないよ」

害意が無いことを示すように、今度は両掌《りょうてのひら》を広げて相手に近づける。

獣というのは匂《にお》いに敏感《びんかん》らしい。相手が仲間かどうかを鋭《するど》い嗅覚《きゅうかく》で嗅《か》ぎ分ける、と何かの書物で読んだ記憶《きおく》があった。晒《さら》された無防備な掌を、青色の瞳が胡散臭《うさんくさ》そうに眺《なが》める。

それから、相手がそろりと足を踏《ふ》み出した。獣は足音を立てなかった。流れるような動きでフィンリィに近寄った獣は、フィンリィの掌に鼻面《はなづら》を寄せた。

思わず息を詰《つ》める。

先ほどから気軽に話しかけているが、実際に四つ足の生き物と対峙《たいじ》するのは生まれて初めてのことだ。果たして、自分の行動が正しいかどうか分からない。

食い入るように獣の動きを見守っていると、獣はフィンリィの掌の匂いを嗅ぎながら、何か思案するような顔をする。再び獣が掌に顔を近づけると、ちくちくとした尖《とが》った髭《ひげ》の感触《かんしょく》がした。それから、獣の頰《ほお》が掌に寄せられる。

すりすりと、掌に寄せられる獣の毛並みが思ったよりもずっと柔《やわ》らかく滑《なめ》らかだったことに驚《おどろ》いてしまった。その毛並みの下に、生き物特有の熱を感じる。

「わ……」

無意識に感嘆《かんたん》の声がこぼれて、フィンリィは慌《あわ》てて口を引き結ぶ。

検分に水を差して獣の気分を害してしまうのを恐《おそ》れてのことだったが、当の獣はと言えばフィンリィの様子を気にかけることなく、頰ずりをしながらフィンリィの掌の匂いを嗅いでいる。

やがて、獣は何かに納得《なっとく》したように小さく鼻で息をしてから、フィンリィの両掌に顔を預けて、フィンリィを真正面から見上げた。

そのまま獣が低い声で鳴く。

「――なぁん」

フィンリィを見上げた瞳が、ちょうど陽《ひ》の光を浴びて輝《かがや》いている。

青いと思っていた瞳の中には、眩《まぶ》しいような金色が入り交じっていた。

青い瞳が、光の加減で濃《こ》い藍色《あいいろ》や薄《うす》い水色に変わり、その中できらきらと金色が輝く。

まるで満天の星を閉じこめたような、幻想《げんそう》的な瞳だった。

「お前……綺麗《きれい》だね」

思わず、そんな言葉がこぼれて落ちる。

先ほどは暗がりでよく見えなかった生き物の全身が、ようやく確認《かくにん》出来た。

白いと思っていた毛並みは白銀で、ところどころに黒い模様が混《じ》じっている。

ただの獣という言葉で片づけるのが惜《お》しいほど、目の前の生き物は美しかった。

そんな姿にフィンリィが圧倒《あっとう》されていると、獣の方が焦れたように、もう一度低い鳴き声を上げる。

「なぁん」

早く、ここから出してくれ。

そんな催促《さいそく》が聞こえた気がする。フィンリィはハッとしてから、獣に差し出していた両掌を一度引っ込めて、恐る恐る相手の体を掬《すく》うようにして抱《だ》き上げた。

フィンリィが抱《かか》えるには、その獣は少しばかり大きく重たかった。

手触《てざわ》りのよい毛並みの下に、しなやかな筋肉があるのが分かる。ずっしりとした重みと共に、生き物特有の息づかいと鼓動《こどう》が伝わってくる。

少しだけよろけながら、その獣をしっかりと抱える。フィンリィの不慣れな様子に抗議《こうぎ》の声を上げることも無く、獣は腕《うで》の中に収まったままだ。

フィンリィの腕の中に、ただ抱かれてくれている。

そんなことが――たった、それだけのことが、心の底から嬉《うれ》しいと思う。

「……今日から、お前は僕の『家族』だからね」

初めて感じる温かさに、顔を埋《うず》めるようにしながらフィンリィはそう呟《つぶや》いた。

自分で自分に言い聞かせるように。これから、この獣を「家族」として扱《あつか》おうと。そう一方的に心に決める。

フィンリィの言葉に、白銀の獣は返事をしなかった。

ただ腕の中に抱かれている。

それでも、確かにフィンリィは救われたような気がした。

忘れもしない、十三歳の誕生日のことである。

第一章

　この世の楽園、オルシャエルゴ。

　神から試練と恩寵《おんちょう》を与《あた》えられた放浪《ほうろう》の一族が、長い長い旅路の果てにたどり着いた幻《まぼろし》と呼ばれる第七大陸。

　約二百年前に、この大陸にたどり着いた一族の長《おさ》であるクレイド・フォーン・オルシャエルゴは、大陸を支配していた魔獣《まじゅう》を倒《たお》し、魔獣に隷属《れいぞく》していた先住民から感謝を捧《ささ》げられ、大陸の王として君臨することを許された。初代国王になったクレイド・フォーン・オルシャエルゴは、一族の名である「オルシャエルゴ」を大陸の名として与え、その血族が王として大陸を支配するように取り計らった。今は初代国王から数えて八代目の王が君臨している。

　王城は切り立った崖《がけ》を背にして高台にあり、その裾野《すその》には町が広がっている。町に住んでいるのは、かつてクレイド・フォーン・オルシャエルゴと共に、第七大陸に渡《わた》ってきた者たちの子孫だ。

　この国は、他《ほか》の大陸の者たちとの交流が一切《いっさい》無い。かつて先祖を追放した者たちと、わざわざ関《かか》わる必要が無いという判断からだ。そして、他の大陸と交流が無くとも、人間たちは一年中温暖な気候の中で、自ら住まう土地を「地上の楽園」と称《しょう》するほど富と繁栄《はんえい》を享受《きょうじゅ》していた。

　この大陸の人々は狩猟《しゅりょう》や農耕といった労働から解放されている。

　それらは、魔獣に従っていた罪の購《あがな》いとして先住民であるカリヨン族が一手に引き受けていた。彼らは罪の一族として、その姿を人の前に晒すことを禁じられている。勤勉な彼らが欠かすことなく食料を運び入れてくるため、王城を含め町の家々の食料庫は常に満ち足りていた。餓《う》えの心配が無く、労働の必要も無い。そのため人々の興味は専《もっぱ》ら娯楽《ごらく》の探求に向けられている。かつて、初代国王が魔獣を討伐《とうばつ》したことから大陸を統《す》べたという伝承に従い、この国では四つ足の動物を飼う者は殆《ほとん》どいない。代わりに温暖な気候と豊かな土壌《どじょう》を活《い》かし、様々な植物の品種改良が行われ、造園が盛《さか》んに行われてきた。特に王城の庭は腕利《うでき》きの庭師を集めているため、季節ごとに様々な花が咲《さ》き誇《ほこ》り王族たちの目を楽しませている。澄《す》み渡った青空には雲一つ無く、柔らかな陽光が降り注いでいる。今は薔薇《ばら》の季節を迎《むか》えた王城の庭には、甘い芳《ほう》香《こう》が満ちていた。

そんな庭から、それほど離《はな》れていない位置にある建物。豪奢《ごうしゃ》な城の造りとは違《ちが》う、白亜《はくあ》の堅《けん》牢《ろう》な建物は、王城に付属している大学である。その講義室の中には、長閑《のどか》な庭の様子とかけ離れた殺伐《さつばつ》とした空気が満ちていた。

オルシャエルゴにおける子女の教育は、教師と生徒の一対一で行われるのが主流だ。一人の教師が総合的な科目の教育を生徒に施《ほどこ》す。しかし、王族や貴族となると教育方法がやや異なり、科目ごとに専門の教師が付き、教壇《きょうだん》に立つことが珍《めずら》しくない。

今行われているのも、八代国王の長子にして第一王子――フィンリィ・クレイド・フォーンのための講義である筈《はず》だった。

王族の特徴《とくちょう》は、黒い髪《かみ》と赤褐色《せっかっしょく》の瞳《ひとみ》である。しかし、この王子は髪こそ黒いものの瞳の色は橙色《だいだいいろ》をしていた。巴旦杏《アーモンド》形の瞳は、虹彩《こうさい》の黄色味が強く、光の加減によっては黄金色《こがねいろ》にも見える。その瞳は、今は教壇に立つ男に向けられていた。

教師は、壮年《そうねん》の男である。第一王子に講義をすることが不満で仕方が無いらしい。最低限の礼の後、だらだらと歴史書を読み上げるだけの時間が続いて——それに痺《しび》れを切らした第一王子が大きな溜息《ためいき》を吐《つ》いたのは、つい先ほどのことだ。

何も表情を浮《う》かべていない王子の顔は、整っているせいで怖《こわ》いぐらいに迫力《はくりょく》がある。

「貴方《あなた》が先ほどから読み上げている歴史書については既《すで》に学んでいます。新しい知見も何も無いようでしたら、講義は終わりということでよろしいですか？」

そこで言葉を切った第一王子が、ふと目を向けたのは開け放たれた窓である。

「——私の迎えも来たようですし」

「迎え？」

お前の講義は受ける価値が無い。言外にそう言い渡された教師は、頭に血を上らせながら王子の言葉を無意識に繰《く》り返した。第一王子は、たった一人で離宮《りきゅう》に暮らしている。従者も侍女《じじょ》も、その周りにはいない。そんな者に迎えなどある筈が無い。

そう指摘《してき》して生意気な口を利く王子をこらしめようと教師が口を開くよりも先に、するりと窓から何かが入り込んできた。

それが何かを理解した途端《とたん》、教師は情けない悲鳴を上げた。

「ひえッ」

足音も無く、四つ足で歩く獣《けもの》。

白銀の毛並みのせいか、体が発光しているように見える。不規則な黒い模様を持った、猫《ねこ》とも犬ともつかない生き物。それが軽《かろ》やかに第一王子の足下《あしもと》に侍《はべ》る。

オルシャエルゴに住まう者に、四つ足の動物を飼う者はあまりいない。飼われるのは鳥や昆《こん》虫《ちゅう》など――見目美しい姿形のものや、鳴き声の美しいものばかりだ。なので、四つ足の動物は見慣れない――殆どの者にとっては恐怖《きょうふ》の対象でもあった。

たった一人、第一王子を除いては。

足下の獣に慣れた様子で手を伸《の》ばし、その頭を撫《な》でると第一王子は立ち上がった。それから、思い出したように教壇で硬直《こうちょく》する教師に声をかける。

「それでは、失礼します」

背中を向ける第一王子に、白銀の獣が付き従う。

第一王子が悠然《ゆうぜん》と、扉《とびら》の向こうに姿を消した。ばたんと閉じる扉の音を聞いて、それを合図に教師は腰《こし》を抜《ぬ》かして、その場にへなへなと座り込んだ。

＊＊＊＊

獣を伴《ともな》った第一王子の姿に、大学内は静かなざわめきが満ちた。

王子に対する最低限の礼を取ると、誰《だれ》もが手近な部屋に飛び込んで姿を消す。やがて廊下《ろうか》を歩くのは第一王子と、その連れである獣だけになった。

いつものことだが、あまりにもあからさまな反応にフィンリィは小さく溜息を吐く。

――さっさと離宮に戻《もど》ってしまおう。

そんなことを思いながら足早に大学内を歩いていると、とある講義室の前に差し掛《か》かった。

講義室の中から屈託《くったく》の無い明るい声が廊下にまで響《ひび》いてきた。

「今日の講義は、もう終わりで良いだろう？　今日は母上が茶会を開くんだ！　白薔薇が見頃《みごろ》らしいぞ！」

第二王子――エイヴェリィ・フォーンの声に、フィンリィは眉《まゆ》を寄せて足を止めた。

王族特有の黒髪と赤褐色の瞳を受け継《つ》いだ二歳下の弟。

三ヶ月後の誕生日で、弟は成人の十八歳を迎える。それだというのに、あまりにも子どもっぽい発言だ。そもそも、弟の学習の進捗《しんちょく》状態が芳《かんば》しくないというのはフィンリィの耳にも入るぐらい有名である。

果たして教師は、どう対応するのか。

そんなことを思いながら耳を澄ましていると、嗄《しわが》れた男の声が言った。

「仕方がありませんね。では、今日はこれで終わりとしましょうか」

たっぷりと甘さを含んだ教師の声に、フィンリィは軽く目を細める。

この声の主は、老年の礼儀《れいぎ》作法の教師だ。フィンリィも同じ教師に師事していたので、よく覚えている。

──第一王子のくせに、そんなことも出来ないのか！

歯を剥《む》き出すように怒《いか》り狂《くる》いながら、フィンリィが少しでも失敗すると手を上げた人物の言葉とは、とても思えない。今でも時折、夢に見て魘《うな》される光景は、思い出そうとしなくても容易《たやす》く脳裏《のうり》に蘇《よみがえ》る。再び溜息を吐いて、フィンリィは過去の映像を振《ふ》り払《はら》うように頭を振ると足を踏《ふ》み出した。

講義を強引《ごういん》に終わらせた弟が、いつ廊下に出てくるか分からない。

弟と鉢合《はちあ》わせすれば、面倒《めんどう》なことになるのは考えずとも分かることだった。一人きりのフィンリィと違い、弟であるエイヴェリィには侍従や侍女──それから同じ年頃の貴族の子弟《してい》たちが大勢付き従っている。今も第二王子の言葉に応《こた》えるように、賑《にぎ》やかな笑い声が講義室から聞こえてきていた。問題なのは、弟と顔を合わせたことが、そのまま王妃《おうひ》の耳に入ってしまうことである。無意識に眉を顰《ひそ》めるフィンリィの顔を見上げて、横に控《ひか》える白銀の獣が心配そうに低く鳴いた。それに視線を落として応えると、フィンリィはそのまま自分の離宮を目指した。

外は明るい陽射《ひざ》しと花の芳香に満ちていた。風が頬《ほお》を撫でる感覚が気持ち良い。石畳《いしだたみ》のきちんと舗装《ほそう》された道から外れ、現在王族が使っている住居から遠く離れた離宮にフィンリィは向かう。こぢんまりとした離宮は、三代国王が寵愛《ちょうあい》していた妾《めかけ》のために建造したものだ。近くには四代国王の時に失火し焼け落ちて以来、放置された旧王族の住居が廃墟《はいきょ》と化している。王城の中心から離れ、あまり庭師の手も入らない寂《さび》れた印象の一角。

フィンリィが王城を出て、離宮に起居するようになったのは十二歳の頃である。

誰に言われた訳でも無く、自分から言い出したことだった。

まだ幼い王子が王城から出ることについて、反対の声は一つも上がらず、むしろ諸手《もろて》を挙げて歓迎《かんげい》された。放置されていた離宮は、かつてないほどすみやかに修繕《しゅうぜん》が施され、以来フィンリィはそこでたった一人——否《いな》、十三歳からは白銀の獣と「二人」で暮らしている。

離宮の扉には錠《じょう》が掛けてある。懐《ふところ》から鍵《かぎ》を取り出して錠を開けると、フィンリィは扉を押し開けた。その隙間《すきま》に、するりと体を滑《すべ》り込ませて白銀の獣が先に離宮の中に入る。その後ろに続いて建物に入ると、後ろ手に鍵をかけてフィンリィは扉に凭《もた》れるようにして、ずるずるとその場に座り込んだ。

「……疲《つか》れたぁ」

ぽつりと放たれた声には、先ほど教師を圧倒《あっとう》していた鋭《するど》さは無い。あどけなさすら窺《うかが》える、無防備な声だった。

外にいた時の人形じみた無表情が崩《くず》れて、橙色の瞳には稚《いとけな》さが浮かんでいた。大きく溜息を吐きながら膝《ひざ》を抱《かか》えるフィンリィに近寄って、白銀の獣が鼻先を押しつける。

労《いたわ》るような仕草に、しばらくされるがままになりながら、フィンリィはふと眉を寄せて白銀の獣と目を合わせる。満天の星を閉じこめたような、青金色の瞳。

「カイ」

明け方の空で一際輝《ひときわかがや》く星にちなんで名付けた、フィンリィだけが呼ぶ白銀の獣の名前。その呼びかけに応えるように首を傾《かし》げる獣に、橙色の瞳を細めてフィンリィが言う。

「留守番を頼《たの》んだのに、どうして外に出たの？」

そもそも、きちんと戸締《とじ》まりをした離宮から、いつもどうやって抜け出しているのか。問いただすフィンリィの言葉に、白銀の獣――カイが顔ごと視線を逸《そ》らして話を誤魔化《ごまか》すように露骨《こつ》に欠伸《あくび》をする。

聞き流そうとする仕草は、やけに人間じみていた。

そんなカイに対して精一杯《せいいっぱい》、厳《いか》めしい顔をしながらフィンリィは言葉を続ける。

「外は危ないんだから勝手に出歩いたら駄目《だめ》だって言ってるのに――」

第一王子が飼っている獣、というのは王城の者たちの行動に対して何の抑止力《よくしりょく》にもならない。むしろ第一王子が飼っているから、という理不尽《りふじん》な理由で捕獲《ほかく》され処分されることだって有り得る。そんなことを懇々《こんこん》と説明するフィンリィの言葉に飽《あ》きたらしく、軽く伸びをしたカイがくるりと背中を向ける。

「カイ」

フィンリィが呼びかけたのと同時に、白銀の獣の体が光り出す。通常では有り得ないことだが、フィンリィはそれに驚《おどろ》く素振《そぶ》りも見せない。光が収まると、先ほどはフィンリィが両腕《りょううで》でなんとか抱えられるほどの大きさだった獣は、倍以上大きくなっている。

どこか愛らしい雰囲気《ふんいき》が消えて、筋骨が隆々《りゅうりゅう》としている。爪《つめ》や牙《きば》が強調されて、顔に野性味が加わり、肉食獣《にくしょくじゅう》じみた印象が強くなる。

普通《ふつう》の者が見れば悲鳴と共に逃《に》げ出す光景だが、フィンリィは目の前で行われた変身に動揺《どうよう》する素振りも見せない。ゆらりと尻尾《しっぽ》を振った白銀の獣が向き直ると、厳めしい口調を保ったまま呼びかける。

「カイ」

「なぁん」

先ほどのように、フィンリィが抱《だ》き上げることなど出来そうにない大きな獣が、じゃれつくように鳴いてフィンリィに身を寄せる。べろり、と遠慮《えんりょ》なく頰を舐《な》める舌に擽《くすぐ》ったさを覚えながら、フィンリィは言う。

「カイってば！　誤魔化そうとしないで――」

「なぁん」

尚《なお》もお説教を続けようとするフィンリィを、あっという間に床《ゆか》の上に仰向《あおむ》けに転がして、上に覆《おお》い被《かぶ》さった獣が毛並みをすり付けながら、フィンリィのことをこれでもかと舐める。

「ひっ、ゃ、ッ、は、ははは ッ、あ、も、やめ――ッ、カイってば！」

しばらく擽ったさに耐《た》えていたが、どうにも我慢《がまん》が出来なくなって笑い声が口からこぼれる。

してやったり、と言わんばかりの獣に手を伸ばして動きを止めると、フィンリィは溜息《ためいき》を吐《つ》きながら言った。

「ねぇ、カイ。本当に気を付けてよ？」

「なぁん」

結局どこから離宮《りきゅう》を抜《ぬ》け出しているのかは、今日も分からず仕舞《じま》いだ。そう思いながら両腕を回して、随分《ずいぶん》と大きな姿になった獣《けもの》に頬を擦《す》り寄せて、その体温に安堵《あんど》して力を抜きながらフィンリィは呟《つぶや》くように言う。

「……勝手に離宮を抜け出したのは駄目だけど——迎《むか》えに来てくれて、ありがとう」

矛盾《むじゅん》を含《ふく》んだ素直《すなお》でない御礼《おれい》の言葉。それに心得たように低く鳴いた獣が、べろりと遠慮なく頬を舐めて、体を擦り寄せてくる。

初めて出会った時から変わらない、温かさ。

第一王子の離宮。

他《ほか》には誰もいない空間で一人と一頭の「家族」は、そうしてしばらく身を寄せ合っていた。


「なぁん」

「また——どこから拾ってきたの？」

呆《あき》れたように言いながら、フィンリィは足下《あしもと》に落とされたそれを拾い上げる。

夕飯の後の一時。いつの間にか外に出たらしい白銀の獣がくわえてきたのは、カイよりもだいぶ小柄《こがら》な猫《ねこ》だった。灰色の滑《なめ》らかな毛並み。四つの足をぴんと強《こわ》ばらせて、固く目を閉じたままぴくぴくと髭《ひげ》を揺《ゆ》らしている。フィンリィが腕に抱き上げてやると、不自然なぐらいに強ばっていた猫の体から少しだけ力が抜けた。

気絶した小動物をカイが拾って、フィンリィのところに届けるようになったのはつい最近のことである。最初は野鼠《のねずみ》、次は栗鼠《りす》。それから、兎《うさぎ》に鼬《いたち》。奇妙《きみょう》なのは、どの動物も今日カイが連れて来た猫同様に全身を硬直《こうちょく》させて気絶していることだった。

オルシャエルゴに四つ足の動物を飼う習慣が無く、嫌悪感《けんおかん》や恐怖心《きょうふ》を抱く人も多いことから、王城内に迷い込んだ野生動物は発見され次第《しだい》、徹底的《てってい》に敷地《しきち》内から追い出《いだ》されるのが普通である。それだというのに、ここ最近カイが連日のように動物たちを連れてくる。

一体どこで見つけてくるのか。そう思いながら、腕の中の猫をあやすように抱いていると、カイが白い光を放ち、その姿を変える。

「なぁん」

大きな体躯《たいく》で寝《ね》そべって、背中を見せたカイが鳴く。その声にフィンリィは慣れた様子で、カイの背中に腰《こし》を下ろした。がっしりとした体躯は、フィンリィが座ったところでびくともしない。満足そうに頭を伏《ふ》せて寝そべるカイを見てから、フィンリィは腕の中の猫に視線を落とす。強ばっていた体から力が抜けて、ぐんにゃりと腕の中で四肢《しし》を投げ出している。

毛が短く、触《さわ》った感触《かんしょく》は滑らかだった。灰色の毛並みは、縁《ふち》が青みがかって見える。美しい猫だ。そして、どうやら雌《めす》のようだ。なんとなくカイに雰囲気が似ている。

少し考えてフィンリィは問いかける。

「……この子、カイのお嫁《よめ》さん？」

その言葉に、頭を伏せて寝そべっていたカイが、毛を逆立ててぐるりと首を曲げてフィンリィを睨《にら》んだ。青金色の瞳《ひとみ》が、ぎらりと光る。

あまりの剣幕《けんまく》にフィンリィが目を見開いて固まれば、カイが唸《うな》るように鳴いた。

「なぁん」

馬鹿《ばか》を言え、と言われたような気がする。そのまま鼻息も荒《あら》く、頭を伏せて寝そべるカイは、ふてくされているように見えた。フィンリィは弁解がましいと思いながら言葉を紡《つむ》ぐ。

「だって――お前も、そろそろ、そういう年頃《としごろ》かなって」

フィンリィは、カイのような動物を他に知らない。初めて見つけて以来、結局どんな種類の生き物なのか不明なままだ。この国の者たちは四つ足の動物については無関心を貫《つらぬ》いているので、動物たちに関する資料は不足している。名前と姿形を示すものがあれば良い方で、生態などに関しての資料は皆無《かいむ》と言って良い。

しかし、カイのように自分の体の大きさを自在に変えられるような生き物は希有《けう》だろうと思う。もし、腕の中の猫がカイと同じ種族のものならば喜ばしい。そう思って言った言葉だったのだが、それは思いの外カイの気に障《さわ》ったらしい。尚もフィンリィが言葉を続けようとすれば、抗議《こうぎ》をするように尻尾でバシバシと床を叩《たた》く。

不機嫌《ふきげん》です、と全身で訴《うった》えるカイにフィンリィは困ってしまって眦《まなじり》を下げた。

「変なこと言って、ごめんってば。ねぇ、カイ――」

「なぁん」

気のない返事に、ほとほと困り果てていたところで、腕の中の猫がようやく意識を取り戻《もど》した。ぴくぴくと体を揺らして、フィンリィの腕の中で体を起こす。

「あ――」

起きた、とフィンリィがいうより、飛び上がった猫が腕の中から逃げ出す方が早かった。途端《とたん》に腕に微《かす》かな痛みが走る。思わず眉《まゆ》を寄せたのと、カイが毛並みを逆立てて吼《ほ》えたのは同時だった。

床の上に着地して、フィンリィを警戒《けいかい》するように見つめていた灰色の猫が、吼えたカイの声に飛び上がって硬直する。見開かれた瞳は、綺麗《きれい》な若緑色だった。

「カイ、大丈夫《だいじょうぶ》だから。怪我《けが》もしてないし――そんなに脅《おど》かしたら可哀想《かわいそう》だよ」

服の袖《そで》は破けてしまったが、肌《はだ》には赤い筋があるだけで血は出ていない。背中から滑《すべ》るように降りて、唸ったまま猫を睨みつけるカイに裂《さ》けた服の部分を見せる。鼻先を押し当てるようにして、しつこいぐらいフィンリィの腕の具合を確かめてから、白銀の獣は不服そうな表情で唸るのをやめて頭を伏せた。

灰色の猫は、先ほどカイが運び込んできた時とは完全に違《ちが》う意味で硬直している。

「カイ、この子どうするの？　もう遅《おそ》いから泊《と》めてあげる？」

それとも、新たな離宮の住人として迎え入れるか。頭を過《よ》ぎった選択肢《せんたくし》を口に出すよりも先に、のそりと起き上がったカイが、灰色の猫に向けて低い声で鳴いた。

「なぁん」

付いて来い、というように離宮の中を歩き出すカイの姿に、硬直していた猫が我《われ》に返った顔をして慌《あわ》てて駆《か》け出した。てててて、と猫の軽い足音がする。

四つ足の獣が出た、となれば王城は大騒《おおさわ》ぎになるだろう。殺害される可能性だって少なくない。フィンリィは思わず声をかけた。

「気を付けてね」

そのフィンリィの言葉を聞いて振《ふ》り返ったのは、猫ではなくカイの方である。

「なぁん」

一人きりの留守番を心配されているようだ。その態度に笑いながらフィンリィは言った。

「大丈夫。僕はお湯を浴びて来るから――カイも、僕が寝るまでには帰ってきてね」

先ほど心配された腕《うで》を翳《かざ》して平気だというように手を振れば、カイはそのまま灰色の猫と連れだってするりと姿を消した。


温暖な気候からか、寝台《しんだい》で眠《ねむ》る時は服を脱《ぬ》ぐのがオルシャエルゴの習慣だった。そのため寝室は極《ごく》私的な空間とされ、侍従《じじゅう》や侍女も滅多《めった》に足を踏《ふ》み入れることを許されない。同衾《どうきん》を許されるのは伴侶《はんりょ》か、それに準じる者だけという決まりがあった。

湯を浴びた後の体に、夜風が気持ち良い。

フィンリィは羽織っただけの夜着を脱ぎ捨てて、裸《はだか》になって寝台に潜《もぐ》り込む。

寝台には大きな窓があり、灯《あか》りを点《つ》けなくても十分なほどの星明かりに満ちている。

約束通りフィンリィが眠りに就《つ》くよりも前に帰ってきて、フィンリィのことを寝台で待っていたカイが頬《ほお》をべろりと舐めて来る。ざらりとした舌の感触がくすぐったい。小さく笑い声を上げながら、薄《うす》い上掛《うわが》けを引き寄せて、フィンリィはカイの大きな体に身を寄せた。柔《やわ》らかな毛並みに包まれてほっと溜息《ためいき》を吐《つ》けば、カイが低く鳴いて顔を寄せてくる。

カイの毛並みはいつも、日向《ひなた》の良い匂《にお》いがする。湯に入るのは苦手なようだが、昼の間にどこかで水浴びをして、陽《ひ》で乾《かわ》かしているらしい。

「さっきの猫――ちゃんと帰れた？」

「なぁん」

答えるように鳴いたカイが、その猫に引っかかれたフィンリィの腕に顔を寄せて、べろりと舌を這《は》わせる。怪我の具合を改めて確かめるように、ふんふんと匂いを嗅《か》ぐ相手の仕草があまりにも過保護で、フィンリィは思わず笑《え》みをこぼした。

「大丈夫だってば」

「なぁん」

フィンリィがカイと寝台で眠るようになったのは、離宮で生活を共にするようになって割とすぐのことである。四つ足の獣を飼うに止《とど》まらず、寝台にまで乗せて――裸で身を寄せているところと王城の者たちが知れば、眉を顰《ひそ》めて糾弾《きゅうだん》してくるに違いない。フィンリィにしてみれば、カイは唯一《ゆいいつ》の「家族」なのだから何も問題は無いというのに。

とことん無関心を装《よそお》いながら、少しでも粗《あら》が見えると、総攻撃《そうこうげき》のように責め立てられるのだから――嫌《いや》になってしまう。

ふと暗い方向に向かったフィンリィの気を逸《そ》らすように、カイが鳴いた。

頭をぐりぐりとフィンリィの胸に押しつけて来るのに笑えば、カイが体を横たわらせる。眠る時は、まるで守ろうとするように、フィンリィの体を抱《だ》き込むのがカイの癖《くせ》だ。すっぽりとカイの体に包まれるようにして眠るのは心地《ここち》が好《よ》い。カイの柔らかい毛並みと、温かな体。それから鼓動《こどう》が――心ない人たちによって消耗《しょうもう》した精神を癒《いや》してくれる。

いつものように日向の香《かお》りのする毛並みに顔を埋《うず》めて、フィンリィはそっと呟《つぶや》く。

「おやすみ、カイ――」

それに応《こた》えて、白銀の獣《けもの》が低く鳴く。

こぢんまりとした離宮《りきゅう》の中。

寝台の中は暖かく、穏《おだ》やかな空気が流れている。

たった、それだけのことが、とても幸せだ。

オルシャエルゴの第一王子。王位継承《けいしょう》者。その肩書《かたが》きを知らないものが見れば、フィンリィの暮らしぶりは隠遁《いんとん》者と間違《まちが》えるほど質素で静かなものだろう。側《そば》にいるのは、白銀の獣だけ。この離宮における家事の一切《いっさい》も、フィンリィが引き受けている。

嫌《きら》われ者の第一王子。そう呼ばれて、人から忌避《きひ》されるフィンリィがこの国で唯一、心を許しているのは――いつも側にいる白銀の獣だけだった。

＊＊＊＊

「再来月のエイヴェリィの誕生日に『クレイド』の名前を返上して、王位継承権をエイヴェリィに譲《ゆず》るように」

その言葉に、衝撃《しょうげき》を覚えた。

フィンリィが顔を上げれば、国王──フィンリィの実の父親であるグリンツ・クレイド・フォーンが玉座に座っている。初代国王から代々受け継《つ》ぐ玉座は、国王のみに座ることが許された特別な椅子《いす》だ。その椅子に座る父親は、贅《ぜい》を尽《つ》くした生活が如実《にょじつ》に現れているようで、フィンリィが以前に顔を合わせた時より随分《ずいぶん》と肥えたように感じる。

言葉も無いフィンリィに対して父親である王は苛々《いらいら》と、面倒《めんどう》くさそうな表情を隠《かく》すことなく言った。

「早く頷《うなず》け。それで済む話だろう」

雑に言い放つ父親の態度に──フィンリィは、衝撃からなんとか立ち直って溜息を吐いた。

日課である講義を受けるために大学に出向こうと離宮を出たフィンリィを待ちかまえていたのは、普段《ふだん》は宰相《さいしょう》に付き従って仕事をこなす文官の一団だった。

──国王陛下から、大切なお話がございます。

慇懃《いんぎん》にそう言う文官たちに案内され、大人しく謁見《えっけん》の間に足を運んだフィンリィに向けられたのが、この唐突《とうとつ》な命令である。

意味が分からない。

第一王子は「クレイド」の名を付けられ、自動的に王位継承者としての教育を受けることが決まっている。そう定めたのは、初代国王にして英雄《えいゆう》クレイド・フォーン・オルシャエルゴだ。彼の定めた法は、この国の礎《いしずえ》として尊重され人々の行動の指針となっている。

それに背《そむ》いて、フィンリィが王位継承権を弟に譲らなければいけない理由は何か。

問いただそうとするフィンリィに、口を開いたのは宰相だった。元は黒かったらしい髪《かみ》が、白髪《しらが》交じりで灰色に見える。それよりも濃《こ》い灰色の瞳《ひとみ》をした、枯《か》れ木《き》のような印象を与《あた》える老人は、物腰《ものごし》は柔らかだが目つきが鋭《するど》い。

宰相のレンデル・テリノンが、フィンリィに穏やかな声で言う。

「殿下《でんか》、国王の今のお言葉はあくまで『提案』であって命令ではございません」

「――『提案』ならば、私には断る権利があるということですね？」

フィンリィの言葉に国王はふてくされた顔で口を噤《つぐ》んで、天井《てんじょう》を見上げている。

宰相が口を挟《はさ》んだ時点で、問題が自分の手から離《はな》れたと思っていることが、ありありと分かる態度だった。フィンリィはそんな父親の態度に、溜息しか出て来ない。

宰相のレンデルが、丁寧《ていねい》な――しかし頑《がん》とした態度で言葉を続けた。

「殿下ならばお分かりでしょう、今の貴方《あなた》が玉座に就いたところで従うような臣下はいないと。政《まつりごと》は臣下がいなくては成り立ちません」

「私が嫌われているのは承知していますが――それとこれとは話が別でしょう。初代国王が定めた法では王位継承権を放棄《ほうき》することについて言及《げんきゅう》されていませんが、それは王位継承権を放棄するような事態を想定していなかったからだと思います。初代国王の定めた法に反する行為《こうい》を、私は自らの意思でするつもりはありません」

少なくとも「皆《みな》がフィンリィのことを嫌っているから」という感情論に流されるつもりは無い。そんなフィンリィの態度に、宰相はふっと目を細めて呟いた。

「──相変わらず、大変優秀《ゆうしゅう》でいらっしゃる。さぞかし勉学に励《はげ》まれているのでしょうね」

褒《ほ》めているようでもあり、皮肉を言われているようでもある。判断が付かずに、フィンリィは怪訝《けげん》な顔で宰相を見やる。

レンデルの灰色の瞳が、フィンリィの橙色《だいだいいろ》の瞳と正面からかち合った。

以前こうして対峙《たいじ》したのは、フィンリィが十三歳の時──離宮でカイを飼うことについて父親に苦言を呈《てい》された時だ。フィンリィは当時、ありとあらゆる知識を総動員して、法的に四つ足の獣を飼うことに問題は無いと言い立てた。習慣が無いというだけで禁止される理由にはならない。そう珍《めずら》しく反抗《はんこう》的な態度で挑《いど》んだフィンリィに対して、目の前の宰相は「確かに初代国王は、飼育する動物に関して明示していませんな」とフィンリィの主張に理があるとした。それからはフィンリィがカイと離宮で暮らすことについて、公然と批判されることは無くなった。

──宰相という立場にいるが、この人は別に国王の味方という訳ではない。

その時フィンリィが宰相に抱《いだ》いたのは、そんな感想である。そして、それは今も変わらない人物評だ。

宰相は元々、テリノン侯爵《こうしゃく》家ゆかりの人である。先代国王に見出《みいだ》され、今の地位に就いた。冷静沈着《ちんちゃく》に事態を解決し、侯爵家との繋《つな》がりを存分に使い、宰相の座を盤石《ばんじゃく》にしている。

しかし、それで権力を振りかざし、国政を思いのままにしているのかというと、そんなことはない。あくまで国王の補佐《ほさ》に徹《てっ》しているだけだ。感情的に発せられる王族たちの言葉に可能な限り応えるが、それが法に反している時は頑として従わない。

ある意味正しい態度なのだが、何か得体の知れないものを感じる。

フィンリィは眉《まゆ》を寄せながらレンデルを見つめた。

――この人は、何を考えているのだろう。

感情が読めない。腹の底が見通せない。警戒《けいかい》しながら宰相を見つめていると、レンデルは思わぬ提案をフィンリィへ寄越《よこ》した。

「もしも殿下が、国王陛下からの『お願い』を承諾《しょうだく》してくださるのでしたら――王弟殿下に会えるように私が手配いたしましょう」

「え?」

差し出された交換《こうかん》条件に、フィンリィは目を見開いた。

王弟殿下――クインツィ・フォーン。

国王の実弟で、フィンリィにとっては叔父《おじ》にあたる。ただし、弟といっても国王とは双子《ふたご》らしい。生まれた時から病弱な人で、それを理由に表舞台《おもてぶたい》に一度も出て来たことが無い。

フィンリィにとっては、叔父であり、名付け親である人だ。

その人との面会を、フィンリィは何度も願い出ていたが「体調が優《すぐ》れない」という理由で宰相によって却下《きやっか》されていた。療養《りょうよう》している一画は、厳重に隔離《かくり》されており、出入りする者たちも限られている。昔は、その者たちを懐柔《かいじゅう》して秘密裏《ひみつり》に入り込むことも考えたが、自分の嫌われぶりを鑑《かんが》みて実行を諦《あきら》めざるを得なかった。カイと共に暮らし始めて頻度《ひんど》は落ちたものの、折を見ては叔父との面会を願い出ていた。

フィンリィが幼い頃《ころ》から叔父との面会を切望していることを、宰相のレンデルは知っている。王位継承権を放棄しない限り、叔父との面会は許されないということか。

――しかし、王位継承権を放棄するということは。

ある意味で魅力《みりょく》的な提案に、フィンリィは言葉に詰《つ》まった。

その様子を見て、唇《くちびる》をつりあげるようにして宰相が笑う。

「急な提案ですから、殿下も戸惑《とまど》って当然でしょう。しばらくご決断に猶予《ゆうよ》を与えるべきかと思いますが、いかがでしょうか？　陛下」

「ああ、お前に任せる。好きにしろ」

ぞんざいに返事をして手を振《ふ》る国王の心は、この問題から完全に離れてしまっているようだった。宰相がそれを受けて頷きつつ、フィンリィの方を向く。

「では、一月後に改めてお返事をいただきたいと思います。よろしいですか、殿下？」

「――」

返す言葉が見当たらずに、頷いて最低限の礼だけを取ってフィンリィは謁見の間を後にした。

宰相は、どうやら本気でフィンリィを王位継承者から外すつもりらしい。

しかし、なぜだろう。

そんなことを考えながら、フィンリィは混乱する頭で王城の廊下《ろうか》を歩く。一歩足を踏《ふ》み出すごとに、さぁっと人が避《さ》けていくのは、いつものことだった。それを気にしている余裕《よゆう》も無い。

宰相は法の人だ。決してフィンリィが好かれているとは思わないが、少なくともフィンリィがカイを離宮《りきゅう》に住まわせると主張した時のやりとりから、感情論で動く人で無いことは分かっている。それが、どうして半ば脅《おど》しのような手を使ってフィンリィから王位継承権を取り上げようとするのか。

その思惑《おもわく》が分からずに、混乱する。

そして思うのは、一度も会ったことの無い名付け親のことだ。

王位継承権を手放せば、叔父と会うことが出来るらしい。

――会えるのか、本当に？

面会希望はいつも「体調不良」の一言で却下され続けていた。

今日の話を聞く限り宰相の判断次第《しだい》でフィンリィと叔父の面会は可能になるらしい。ということは今まで面会を断られていたのは、どうしてだったのだろう。そもそも、叔父はどうしてこれほど人前に出て来ないのだろう。

そんな疑問が次々と浮《う》かんでくる。

思いも寄らない話に、胸の鼓動《こどう》が少しだけ速くなる。

幼い頃、自分に名前を付けたのが両親ではないと知った時に深い失望を感じた。しかし、きちんと名付けを行ってくれた人がいると知って、少しだけ気持ちが救われた。

フィンリィとは、古い辞書の言葉で「光をもたらす者」という意味がある。

誰《だれ》にも望まれていないフィンリィに、どんな経緯《けいい》であれ、そんな名前を与えてくれた叔父ならば――もしかしたら――。

「ここで何をしているの⁉」

考えに耽《ふけ》っていたせいで、その声に反応するのが少し遅《おく》れた。

――今日は厄日《やくび》だろうか。

そんなことを思いながら、フィンリィは足を止めて声のした方を見やる。元テリノン侯爵令嬢《れいじょう》にして現王妃《おうひ》、ドミティアが顔を憤怒《ふんぬ》に歪《ゆが》めて立っていた。

眩《まぶ》しい金髪《きんぱつ》に、豪奢《ごうしゃ》な髪飾《かみかざ》り。贅《ぜい》を尽くした衣装《いしょう》。宰相《さいしょう》と顔立ちが似ているのは血縁《けつえん》関係にあるからだろう。ただ、灰色の瞳は冷静さとかけ離れて、感情的に歪んでいる。唇が戦慄《わなな》いているのは、怒《いか》りのあまりだろう。後ろには大勢の侍女《じじょ》と侍従を引き連れていた。

普段《ふだん》なら、これほど派手な登場に気付かない筈《はず》が無いのだが、混乱しきっていたせいだと言わざるを得ない。

「……王妃殿下」

母上、と幼い頃に呼んだ時に悲鳴を上げて錯乱状態に陥《おちい》った王妃の姿を見てから、フィンリィは目の前の人のことを「母」と呼ばないように気を付けている。

そもそもフィンリィを冷遇《れいぐう》する風潮は、この人から始まったと言って良い。

懐妊《かいにん》直後から王妃は「この子を産みたくない」と侍女や従者にしょっちゅう愚痴《ぐち》っていたそうだ。そして、ようやく産み落とした我が子を抱《だ》いて、王妃が口にしたのは悲鳴である。

「目が光っている！」

そう言って赤ん坊《ぼう》を放《ほう》り投げようとする王妃の手から、第一王子を奪《うば》い返したのは出産に立ち会った乳母《うば》である。もちろん、赤子の目が光る訳が無い。王家に伝わる赤褐色《せっかっしょく》と異なる橙色の瞳《ひとみ》が、光の加減で王妃の目には光って見えただけだろう。しかし、王妃はそれ以来、乳をやるどころか第一王子に関《かか》わることそのものを拒否《きょひ》した。

王妃の態度を、本来ならば国王が叱《しか》るべきだが、政略結婚《けっこん》で得た王妃を国王は苦手としていた。赤ん坊に関わる事柄で荒《あら》ぶる王妃に付き合うのはごめんだと、複数人の乳母を雇《やと》い入れ、その者たちに養育を任せて王妃から赤ん坊を遠ざけて問題を終わらせた。

生まれたばかりの我が子に無関心な父親と、嫌悪《けんお》感《かん》丸出しの母親。王族の名付けを行えるのは王族のみと法で決まっている。しかし、二人とも当然のように赤ん坊の名付けを拒否した。

フィンリィの名付けが、人前に出てこない――人々から忘れられたような国王の弟に託《たく》されたのも、そのためである。

テリノン侯爵家から王家に嫁《とつ》いだ王妃は気位が高く、極度に感情的なきらいがある。

正直、取り乱した母親の相手をする心の余裕は今のフィンリィにはない。そもそも、視界に入れるのも不愉快《ふゆかい》ならば、わざわざ呼び止めたりしなければ良いのに。自分から不愉快なものに近づいてくる王妃の行動が、フィンリィには理解出来ない。

「エイヴに近付くつもり!? あの子に何かしたら承知しませんよ!!」

物凄《ものすご》い剣幕《けんまく》で放たれる言葉に、フィンリィは少し沈黙《ちんもく》してから言う。

「……エイヴェリィは、今は講義の時間ではありませんか？」

フィンリィも国王に呼び出されていなければ、いつも通りに講義を受けていた筈である。ただでさえ勉強が遅れがちなエイヴェリィが、この時間に王城にいる筈が無い。存在しない相手に危害を加えることなど出来る訳も無い。

酷《ひど》い言い掛《が》かりに眉を寄せれば、王妃が金切り声を上げた。

「しらばっくれないでちょうだい！　一体誰から聞いたの！　あの子の誕生日会の衣装合わせがあると!!」

「……誰にも何も聞いていませんが」

あまりにも会話が噛《か》み合わず、胸の中に苛立《いらだ》ちが募《つの》る。

ただでさえ、混乱しているというのに――感情の受け皿が追いつかない。

何より、実弟であるエイヴェリィとの歴然とした扱《あつか》いの差が今日は酷く心に刺《さ》さる。

茶会。舞台《ぶたい》や演劇、音楽鑑賞《かんしょう》。それから催《もよお》し物毎《ごと》に行われる盛大《せいだい》な衣装合わせ。体調の悪い時でさえ講義を休みたいというフィンリィの言葉が受け入れられたことは無いというのに、弟のそんな都合は容易に受け入れられる。誕生日会にしても、フィンリィは生まれてから、そんなものを開かれた覚えはない。それどころか、おめでとうの一言さえも貰《もら》ったことが無い。

そして、エイヴという愛称《あいしょう》。王妃が第二王子——弟に名付けたエイヴェリィという名は、古語で「愛すべき者」という意味だ。

——ああ。

いつもは聞き流すことの出来る王妃の言葉が、今日は耳に突《つ》き刺さるように痛い。胸の中に閉じこめていた感情が、蓋《ふた》を突き上げてくるように、心臓の鼓動が頭の中で鳴っている。

生まれたばかりの我が子に無関心な父親と、嫌悪感丸出しの母親。祝福される気配のない、生まれたばかりの王子。その養育を任された乳母たちは、王子に必要最低限の世話だけをして、必要以上に第一王子に肩入《かたい》れすることを避けた。そして、そんな中で生まれたのが弟だ。

第二王子のエイヴェリィの懐妊から出産まで、王妃はフィンリィの時とは比べものにならないほど健《すこ》やかだったらしい。そして生まれた我が子を、王妃は溺愛《できあい》した。国王は、そんな王妃の態度を咎《とが》めることもなく容認《ようにん》し、人々もまたそれに倣《なら》った。

それが今日まで、ずっと続いている。自分も弟も、この人から生まれた子どもなのに。

今日は——駄目《だめ》だ。

そんなことを思いながら、フィンリィの口からは今まで封《ふう》じていた言葉が滑《すべ》り出ていた。

「私は父上に呼び出されて、ここに来ただけですよ——母上。文句はどうぞ、父上に」

そう言い捨てて、踵《きびす》を返す。一瞬《いっしゅん》の沈黙の後、絶叫《ぜっきょう》と共に王妃を名乗る人のものとは思えない罵声《ばせい》が聞こえたが、それに答えることなくフィンリィは足早に王城を出た。

柔《やわ》らかな太陽の光も、花の芳香《ほうこう》も、全《すべ》ての感覚が遠かった。

じりじりと心の中が焼けていくようだ。

駄目だ、駄目だ、駄目だ。

繰《く》り返して思いながら、一心不乱に足を動かして、離宮の中に息を乱して駆《か》け込む。

錠《じょう》を開く手が、わなわなと震《ふる》えていた。勢いよく離宮の扉《とびら》を閉めて、そのまま扉を背にして座り込む。頭の中がぐちゃぐちゃで、何から物事を考えるべきなのか分からない。

体を震わせながら息を吐《は》き出して下を向いていると、柔らかで温かな感触《かんしょく》が投げ出すようにしていた手に触《ふ》れた。


「――なぁん」


顔を上げれば、青い夜の中に金色をちりばめたような両眼がある。

白銀の体に飛びつくように腕《うで》を伸《の》ばして、フィンリィは相手の名前を呼んだ。

「……ッ、カイ！」

カイ、カイ、カイ、カイ。

それしか言葉を知らないように、名前を呼びながら縋《すが》り付くように抱きつけば、白銀の獣《けもの》は大人しく抱かれながら労《いたわ》るような声を出して鳴く。

柔らかな毛並みと、温かい温度。

変わらずにいつでも自分を受け入れてくれる相手に、心の底からの弱音が口から滑り出た。

「もう――嫌《いや》だ――ッ」

嫌だ、嫌だと子どもが駄々をこねるように繰り返すフィンリィの頬《ほお》を、カイがあやすように舐《な》めた。いつの間にか目から涙《なみだ》がこぼれていた。

嫌《きら》われているのは理解している。けれど、なぜここまで嫌われなければいけないのか。その理由も分からないし、この扱いに心から納得《なっとく》している訳でもない。

第一王子なのだから、これぐらい出来て当然だろう。こんなことも出来ないとは情けない。けれど、物心ついた時に、フィンリィの養育に関わった者たちは誰も彼も異様に厳しかった。

幼いフィンリィは、養育者たちの態度を自分が至らないせいだと素直《すなお》に思い込んでいた。もっと頑張《がんば》れば。出来るようになれば。そうすれば、きっと、褒《ほ》めて、認めて――抱き締《し》めてくれる。そう盲目的《もうもくてき》に信じていた希望は、あっさりと砕《くだ》かれた。

二歳下の赤褐色の瞳を持つ弟。

何かの式典の折に、珍《めずら》しく国王一家が勢ぞろいした場で、粗暴《そぼう》な振《ふ》る舞《ま》いをするエイヴェリィに向けられたのは、フィンリィが聞いたことの無いような言葉の数々だった。

――子どもらしくて元気が良い。

――なんて可愛《かわい》らしい。

――第二王子は無邪気《むじゃき》でいらっしゃる。

自分が同じ振る舞いをしようものなら、叱責《しっせき》と共に手まで上げられるかも知れないのに。弟は、そんな心配など微塵《みじん》もせずに思うままに振る舞っていた。

その時の驚《おどろ》きと、冷たい納得は今も胸の中にしこりとなって残っている。

結局、フィンリィだから駄目なのだ。

そう言われても、フィンリィはフィンリィとして生まれたのだから、どうしようも無い。それでもなんとか、第一王子として、「クレイド」の名前を継《つ》ぐ者として、その名に恥《は》じないように精一杯《せいいっぱい》すべてのことに取り組んできたというのに。それを簡単に、放棄《ほうき》して譲《ゆず》れと言う。

最初から取り上げるつもりでいたのならば、与《あた》えないで欲しかった。

クレイドという名前があるから、ただそれだけのために全てを我慢《がまん》して来たというのに。

暗がりで必死になって暗記した歴史書も、文字通り血が滲《にじ》むほどに練習した礼儀《れいぎ》作法も──

それをフィンリィから取り上げるというのなら、自分は今まで一体なんのために努力をして来たのか。過去のフィンリィの努力など、何一つ意味は無かったということではないか。

虚脱《きょだつ》感が全身に広がっていく。

白銀の毛並みに、どんどん涙が染《し》み込んで濡《ぬ》れていく。

「もう、嫌だ──本当に、嫌だ……」

それしか言葉が出て来ない。

あからさまに無関心な父親も、自分を産んだ事実すら否定しようとする母親も、当たり前のように愛されている弟も。腹の読めない宰相《さいしょう》も、嫌悪《けんお》と軽蔑《けいべつ》の視線しか寄越《よこ》さない城の者たちも。

――何もかもが、本当に嫌になった。

＊＊＊＊

目元が火照《ほて》って、少しだけ熱い。唐突《とうとつ》な意識の浮上《ふじょう》に、瞼《まぶた》を閉じたままフィンリィは小さく身動《みじろ》ぎする。頭の中に微《かす》かな痛みが走った。それに唸《うな》るような声を上げていると、温かいものに引き寄せられた。鼻をくすぐる日向《ひなた》の匂《にお》い。

温かいものの正体が何なのか、すぐに分かった。

――カイだ。

フィンリィの唯一《ゆいいつ》の「家族」。そんな確信と共に身を寄せたところで、微かな違和《いわ》感《かん》にフィンリィは薄《うす》く目を開いた。いつもの柔らかな毛並みを感じない。その代わりに、温かですべすべとした何かに包まれている。

「……？」

ぼんやりと目を開くと、辺りは既《すで》に夜の底に沈《しず》んでいた。寝台《しんだい》の上。そこに裸《はだか》になって、横たわっていることに気が付く。

――いつの間に、寝支度《ねじたく》をしただろうか？

不思議に思って、フィンリィは首を傾《かし》げる。

国王からの理不尽《りふじん》な命令。宰相から持ちかけられた交換条件《こうかんじょうけん》。王妃《おうひ》からの糾弾《きゅうだん》。

玄関広間《げんかん》でカイに縋りついて散々に泣いて、ぽつぽつと頭の中を整理するように今日の出来事を語り終えたところでフィンリィの記憶《きおく》は途絶《とだ》えている。泣き疲《つか》れて、カイに凭《もた》れかかったまま眠《ねむ》ってしまったのだろう。しかし、それならどうして自分は寝室にいるのか。それも裸で。いくらカイが賢《かしこ》いとはいえ、あの肉球のある足ではフィンリィの服を脱《ぬ》がせることなど出来ないだろう。

それに共に寝《ね》ているのなら、どうして、いつもの毛並みの感触がしないのだろうか。

「……カイ？」

寝起きと散々に泣いたせいで嗄《か》れた声で呼びかけながら、フィンリィは寝台の中で寄り添《そ》っている温かいものに手探《てさぐ》りで触れる。柔らかく、張りがあり、温かい。感触を確かめるように手を滑らせていくと、暗がりに慣れた目が自分を抱《だ》き込むものの輪郭《りんかく》を浮《う》かび上がらせる。

「……え？」

しっかりと厚みのある胸板《むないた》。がっしりとした首。フィンリィの背中に回されているのは太い腕だ。柔らかな白銀の毛に覆《おお》われていない、無防備な肌《はだ》。

これは――人間の体だ。

理解した途端《とたん》に、眠気が吹《ふ》っ飛んで飛び起きようとしたところで、しっかりと背後に回された腕で動けない。

「……ッ、……!?」

驚きすぎて言葉が出て来ない。

誰《だれ》だ、これは。どうして寝室に。いや、そもそも——。

「カイ……ッ？」

寝台の上では常に側《そば》にいてくれる、白銀の獣の姿が見当たらない。さぁっと頭の中が真っ白になる。

「カイ、カイッ、どこ——ッ⁉」

もがきながら、その姿を捜《さが》して寝室の中に視線を巡《めぐ》らせる。そんなフィンリィの動きに、ようやく体に腕を回していた相手が気付いたようだ。

「——フィンリィ？」

呼びかけられた名前に、息が止まった。

「フィンリィ？　どうした？」

大丈夫《だいじょうぶ》か、と言いながら体に回されていた腕が、労るようにフィンリィの体を撫《な》でる。

「ひッ……ぇッ？」

口から悲鳴のような、よく分からない声がこぼれて落ちる。自分の身に何が起きているのか理解出来ない。フィンリィの名前を呼ぶ者など、この世にいない筈《はず》だ。こうして抱き締める者など、存在する筈が無い。それなのに一体、何が起こっているのか。

「……フィンリィ？」

どうした、と言いながら体に回されていた腕が外されて、顎《あご》を持ち上げられる。暗がりに慣れた目が、相手の顔の輪郭をはっきりと映し出す。

知らない男だった。鋭利《えいり》な瞳《ひとみ》が特徴《とくちょう》的で、相貌《そうぼう》全体は骨っぽく男らしい。その瞳の色が、よく知る星空を閉じこめたような青金色なのに気が付く。白銀の髪《かみ》と、褐色《かっしょく》の肌。

「フィンリィ」

穏《おだ》やかな呼びかけ。

それはいつも白銀の獣からかけられる、優《やさ》しい鳴き声によく似ていた。思わず相手の顔に見入っていると、相手が口を開こうとする。それに反射的に言葉が口から滑《すべ》り出た。

「……ぃ、やだ——やだッ！」

ようやく我《われ》に返って、フィンリィは相手の腕《うで》から逃《のが》れるように身を引く。上掛《うわが》けを引き寄せて、視線は寝室をさまよう。捜すのは唯一の「家族」の姿だけだ。

「カイ、カイ、カイッ——カイ、どこ!?」

「フィンリィ」

困ったように相手が名前を呼んだ。よく知る嫌悪感も、軽蔑の意思も無い。ただ、純粋《じゅんすい》に気《き》遣《づか》うような声が、余計に焦燥感《しょうそうかん》を煽《あお》っていく。

「誰——っ、なんで、ここに——カイは——？」

「フィンリィ」

「来ないでッ」

明確な拒絶《きょぜつ》の意思を込めて放ったフィンリィの言葉に、相手が動きを止めた。

ばくばくと心臓が嫌《いや》な音を立てている。離宮《りきゅう》に人が立ち入った事は無い。ここはフィンリィとカイだけの家だ。だから、ここにいる時だけはフィンリィは外に出た時のように自分を取り繕《つくろ》うこともしない。無防備で、脆《もろ》い。上掛けを頭から被《かぶ》って身を縮めるようにしながら、フィンリィは思わず耳を塞《ふさ》いだ。今、他人から心ない言葉をかけられたら——壊《こわ》れてしまう。

「嫌だ、カイ、カイ——カイ……」

ひたすらに耳を塞いでそんな言葉を繰《く》り返していると、寝台が微かに軋《きし》んだ。

それから——。

「なぁん」

いつもの、聞き慣れた呼びかけ。それに上掛けをはねのけるようにして、勢いよく起きあがる。飛び込んできたのは、見慣れた白銀の獣《けもの》の姿だった。どっと体から力が抜《ぬ》けるのを感じながら、飛びつくようにして、その体に手を回す。

「カイ——カイ、カイ」

「なぁん」

白銀の獣に抱きつきながら、部屋の中に目を向ける。フィンリィとカイ以外、誰もいない空間。気が付かない内に、体中に汗《あせ》を掻《か》いていた。いつもなら心地《ここち》よく感じる夜風が、今日は冷たく感じて、思わず裸の体を縮める。

「……カイ、他《ほか》に誰かいた？」

フィンリィの問いに、カイは何も言わなかった。

ただ大人しくフィンリィの腕に抱かれている。

——あの男は、何だったのだろう。

奇妙《きみょう》な夢として片付けるには、あまりにも現実感があった。

カイは何も言わずに、軽く尻尾《しっぽ》を揺《ゆ》らした。

不穏《ふおん》な胸のざわめきを覚えて、フィンリィは思わず呟《つぶや》く。

「……今の、なに？」

何か、おかしい。

何かが、起こっているのではないか。

地上の楽園、オルシャエルゴ。富と平和を享受《きょうじゅ》する人々の中で、冷遇《れいぐう》され続けながらも奇妙に安定した日々。その毎日が崩《くず》れていく。

そんな途方《とほう》も無い不安を感じて、フィンリィはただカイの体を抱き締《し》めていた。

第二章

華《はな》やかな王城の中には、手付かずで放置された一画がある。

フィンリィの離宮からはそれほど離《はな》れていない。草の生《お》い茂《しげ》る中には、旧王族の住居跡《じゅうきょあと》がそのまま捨て置かれている。

四代国王の御代《みよ》に失火し、国王の命と共に焼け落ちたそこは、五代国王が即位《そくい》した直後から放置され続けていた。各史料で、失火の原因は四代国王の寝室の火の不始末とされているが、そう断じる根拠《こんきょ》がどこにあるのかは不明である。そして、四代国王と五代国王は、王位継承《けいしょう》権を巡って激しく争っていたことで知られている。

公式の歴史書は、王族に都合の悪い部分は綺麗《きれい》に省かれている。せっかく王城内に大学を併設《へいせつ》しているにもかかわらず、史料の研究が進まないのは後援《こうえん》が国王その人であるからだ。例えば、四代国王と五代国王の交代劇については、五代国王が四代国王を謀殺《ぼうさつ》したのではないかという噂《うわさ》が貴族たちの間には蔓延《まんえん》している。しかし、その実証が行われたことは無い。

「なぁん」

歴史書の記述を思い出しながら遠い目をしていたフィンリィに、白銀の獣が振《ふ》り返って鳴いた。二人きりの時にしか見せない大型獣《おおがたじゅう》の姿ではない。なんとか腕で抱《かか》え上げられる、丸みを帯びた愛らしさのある姿の方だ。

草の中から、ぴんと立った太い尻尾が覗《のぞ》く。

心配げなカイの声に、フィンリィは困ったように微笑《ほほえ》んで、足を進めた。


王位継承権を弟に譲《ゆず》るよう国王に打診《だしん》された翌日から、フィンリィに課されていた諸々《もろもろ》の講義は全《すべ》て中止になった。


元々、学ぶべきことは全て学び終えている。教えることは何も無いので、講義は取りやめる。それは理屈《りくつ》に適《かな》っているが、それならばもっと早い段階で講義をやめても良かった筈だ。

それなのに今この時期を狙《ねら》ってというところに、宰相《さいしょう》の明確な意図を感じる。大学で学び終えれば、次は実地にて文官見習いとして国政を学ぶ筈だが、その打診が全く無いというのも、その意思の表れだろう。

あくまで「お願い」だ、と言っていたが、外堀《そとぼり》を埋《う》めていく様は実質的に「命令」だ。フィンリィが王位継承権を放棄《ほうき》することを確信している態度に、溜息《ためいき》しか出て来ない。

時間を持て余しながら、何もする気が起きずに、フィンリィはここしばらく離宮に閉じこもるような生活を続けていた。そんなフィンリィを見かねたカイによって、押し出されるように外に出たのが今である。

カイの先導で向かったのは、手付かずの廃墟《はいきょ》——一人きりの十三歳の誕生日に、気を紛《まぎ》らわせるためにフィンリィが探検していて、カイを見つけた崩れた塔《とう》のある場所だった。

あの頃《ころ》よりも劣化《れっか》が激しく、カイが奥に潜《ひそ》むようにいた部屋の部分は、石壁《いしかべ》が崩れ落ちて中には草花が咲《さ》いている。その塔に、カイが足を踏《ふ》み入れるのが見えた。

「カイ――」

朽《く》ちかけの塔は、お世辞にも安全とは言い難《がた》い。

慌《あわ》てて後を追いかける。

足を踏み入れた塔の中は、ひやりと冷たく湿《しめ》っていて埃《ほこり》っぽかった。

――黴《かび》の臭《にお》いがする。

フィンリィは思わず眉《まゆ》を寄せた。空気が淀《よど》んでいて、嫌な感じがする。思わず服の袖《そで》で口を覆《おお》いながら、ところどころ崩れて歪《ゆが》んだ石造りの階段を上る。

そもそも、ここは何を目的として建てられた塔なのだろうか。火災の被害《ひがい》は免《まぬか》れたらしいが、前の国王の私邸《してい》に近かったために放置されてしまったのだろう。初代国王の時代に建造されていたとしたら、二百年近くは経過しているに違《ちが》いない。

カイの姿を捜《さが》して塔の中を上る。白銀の毛並みは、薄暗《うすぐら》い塔の中でも淡《あわ》く光って見える。

「カイ？」

階段の踊《おど》り場に腰《こし》を下ろしているカイの姿に、フィンリィは首を傾《かし》げた。どうやら好奇心《こうきしん》のままに塔の最上階を目指していた訳ではないらしい。窓は外の景色を見るには高すぎるところにあるので、どれぐらいの高さか分からないが、今は石塔の半ばほどのところだろう。

「ここに何かあるの？」

問いかければ、物言いたげな青金色がじっと見つめてくる。その視線にフィンリィは、なんとも言えない居心地《いごこち》の悪さを感じた。

国王に呼び出された日——寝室《しんしつ》に見知らぬ男がいる夢のようなものを見て以来、カイはこういう視線を寄越《よこ》すようになったと思う。フィンリィの勝手な勘違《かんちが》いかも知れないが、支障なく読み取ることが出来た筈《はず》のカイの感情に、以前より複雑なものを覚えて戸惑《とまど》う。

「ねぇ、カイ——」

何か言いたいことがあるの？

そう言いながら、何気なく壁《かべ》に手を突《つ》いたところで——がこんッ、と音がした。手を突いた壁の部分。そこに塡《は》め込まれていた石の部分が、少しの引っかかりと共に、壁の奥へと吸い込まれるように消えた。

「ッ——？」

ちょうど踊り場に足を踏み出したばかりで、重心が崩れる。後ろに倒《たお》れそうになったフィンリィを、発光して姿を変えたカイが、素早《すばや》く背後に回り込んで支えた。

「なぁん」

「あ、ありがとう——」

ぐいぐいと鼻先で押されて、踊り場まで急《せ》かされる。

純粋《じゅんすい》に身の危険を感じて、軽く動悸《どうき》がした。思わず胸を押さえたところで、フィンリィを更《さら》に驚《おどろ》かせたのは、踊り場の石壁である。ぎしぎしと耳障《みみざわ》りな、何かが動く音がする。それと共に、石壁の一部分が迫《せ》り出してきた。ちょうど、人一人が入れるほどの大きさに。

驚きに目を瞠《みは》る。

ずん、と揺れた空気と共に埃が舞《ま》って、フィンリィは堪《こら》えきれずにくしゃみをした。

「なに……？」

目が痒《かゆ》い。閉《と》ざされていた空間特有の籠《こ》もった臭いに、再び袖で口と鼻を覆う。

「なぁん」

迫り出した壁は、どうやら隠《かく》し扉《とびら》だったらしい。身を乗り出すようにして、中をのぞき込んでフィンリィは目を瞠った。一番に目に飛び込んできたのは、王家の紋章《もんしょう》である水仙《すいせん》の花だった。それが壁一面に描《えが》かれている。

「……ここ、は？」

薄暗《うすくら》がりに、だんだんと目が慣れてくる。

書き物机。壁は棚《たな》で埋め尽くされ、中にはびっちりと本が詰め込まれている。埃を被《かぶ》った燭《しょく》台《だい》には、使いかけの蠟燭《ろうそく》が刺《さ》さっていた。石の塔の内部をくり貫《ぬ》いて造られ、仕《し》掛《か》け扉に隠された小さな書斎《しょさい》。分厚く積もった埃と荒《すさ》んだ空気が、長い間訪問者がいなかったことを物語る。

呆然《ぼうぜん》と立ち尽《つ》くすフィンリィの横から、するりと部屋の中に入り込んだカイは、厚い埃の層に構うことなく部屋の中に足を進め、本棚の一つに前足をかけた。

「なぁん」

びっちりと詰まった本棚から、どうやら本を取り出したいらしい。

目の前の事実に頭がついていかないながらも、フィンリィは恐《おそ》る恐る部屋の中に足を進めて、カイが取り出そうとしているであろう本を棚から抜き出した。

「これ？　どうするの、読むの？」

「なぁん」

カイに本を差し出すと、何事かを伝えるように鳴いて、フィンリィの方へその本をぐいぐいと押しつけてくる。

「僕が読むの？　これを？」

「なぁん」

「なに、この本……」

そう呟《つぶや》きながら埃だらけの本に目を落としたところで、薄暗がりの中だというのに表紙の一部がきらりと光った。その文字に息を呑《の》む。革《かわ》の表紙に金色で書かれた名前は「クレイド」というものだった。王位継承《けいしょう》者に受け継《つ》がれる「クレイド」を単体で使うのは、初代国王――英雄《えいゆう》クレイド・フォーン・オルシャエルゴだけだ。驚きながらフィンリィはカイに視線をやる。

「カイ、なんで、この部屋のこと――？」

「なぁん」

フィンリィの質問を遮《さえぎ》るように鳴いたカイが、今度は部屋から追い出すように鼻先でフィンリィの体を押した。その動きに逆らう気力も無く、フィンリィはそのまま踊り場に出た。

迫り出した石壁は、軽く押すと再び軋《きし》んだ音と共に、すっぽりと元の場所に収まり――隠されていた書斎は見えなくなった。動いた壁の部分がくっきり浮《う》かび上がっている。きっと頻繁《ひんぱん》に動かすことを想定して造られた仕組みなのだろう。そう思いながら、手元の本に視線を落とす。長年の埃や汚《よご》れの下にあるのに「クレイド」と箔押《はくお》しされた名前だけは、驚くほどに鮮明《せんめい》だった。

誘導《ゆうどう》した時よりも強引《ごういん》なカイに押し出されるようにしてフィンリィは塔を出た。気のせいか全身がむず痒《がゆ》い。カイの白銀の毛並みも、すっかり埃で汚れていた。

——着替《きが》えてすぐに湯を浴びなければ、どうにもならない。

そう思いながら腕《うで》の中にある本の重みに、フィンリィは意識を奪《うば》われていた。まだ表紙をめくっていない本。「クレイド」の名が刻まれたそれは、どうやら手記の類《たぐい》らしい。

もしも、これが本物ならば——。

そう考えるだけで心臓の鼓動《こどう》が速くなる。

せざるを得なかったとはいえ、学問自体はフィンリィの性《しょう》に合っていた。どの学者に質問をぶつけても返って来なかった答えが、腕の中に抱《かか》えている本に記されているかも知れない。この数日の虚脱《きょだつ》感と不安感が吹《ふ》き飛ぶような興奮を覚えていた。塔から出た途端《とたん》に、再び発光と共に姿を変えたカイの後ろに続いて、フィンリィは離宮《りきゅう》へと急いでいた。

そこに声がかかった。

「これはこれは兄上、偶然《ぐうぜん》ですね」

わざとらしい、もったいぶった不遜《ふそん》な口調。

フィンリィは無意識に、顔に無表情の帳《とばり》を下ろす。

カイがあからさまに警戒《けいかい》する目つきで声のした方を見やった。

「そんな汚れた格好で、なにをなさっていたのです？　ああ、王城から追放されることを心配して、庭師の真似事《まねごと》でもなさっていたのですか？　ご安心ください。いくら嫌《きら》われ者だろうと、兄上を王城から追い出すような酷《ひど》い真似はしませんから」

もう既《すで》に、王位を継《つ》いだ気になっているらしい。

黒髪《くろかみ》に、赤褐色《せっかっしょく》の瞳《ひとみ》。父親によく似た面立《おもだ》ちをした弟――エイヴェリィ・フォーンが侍女《じじょ》や侍従、それから貴族の子弟《してい》たちという取り巻きを引き連れている。エイヴェリィの言葉に追従するような笑い声が、その背後から沸《わ》き起こった。

こんな王城の外れで行き合うのが偶然の筈が無い。フィンリィと話をするのが目的で、わざわざやって来たのだろう。そんな暇《ひま》があるのなら、遅《おく》れている講義の一つも真面目《まじめ》に受ければ良いだろうに。そんなことを冷ややかに思うフィンリィに対して、どこか勝ち誇《ほこ》った笑《え》みでエイヴェリィは言葉を続ける。

「そうそう。兄上を追い出すようなことはしませんが、俺が王位に就《つ》いた時には四つ足の獣《けもの》は王城の敷地《しきち》内で飼うことを禁止しますよ。仮にも魔獣《まじゅう》を倒した英雄の血を引く者が、獣を飼っているなど恥《はじ》以外の何物でもない。父上も、どうしてこんなことを許しているのか――」

エイヴェリィが最後まで話し終えるよりも先に、フィンリィは弟を見つめた。

仕方が無いとは思うが——随分《ずいぶん》と舐《な》められたものだ。

にやにやと笑う弟に無言で歩み寄り、フィンリィは片手に本を抱え直すと——もう片方の手で弟の顎《あご》を思い切り掴《つか》んだ。橙色《だいだいいろ》の瞳には、冷ややかな怒《いか》りが浮《う》かんでいる。そんなことをされるとは露《つゆ》ほども思っていなかったらしい。ぽかんとした弟が、遅れて小さく悲鳴を上げた。

音がするような勢いでエイヴェリィの顔から血の気が引いて青ざめていく。

周囲は諌《いさ》める声を上げながら、誰《だれ》もフィンリィを引き剝《は》がそうとしなかった。フィンリィに触《ふ》れたくないのだろう。身を挺《てい》して守ってくれるような臣下に、弟は恵《めぐ》まれていないらしい。

そんなことを思いながら、フィンリィは淡々《たんたん》と問いかける。

「どんな理をもって、お前は私にそれを命じるつもりだ？」

真正面から兄に問われて、顔を蒼白《そうはく》にしながらエイヴェリィが呟いた。

「理……？」

「玉座というのは理も無く全《すべ》てを叶《かな》えてくれる魔法の椅子《いす》ではない。そんなことも理解していないのか」

弟の赤褐色の瞳が、助けを求めるように泳ぐ。けれども、フィンリィはそれを許さないまま真正面から弟を見つめて言う。

「勘違《かんちが》いしているようだけれど、私が王位継承《けいしょう》権と『クレイド』の名前を正式に返上しない限り、お前はずっと第二王子のままだ」

一息に言ってから、フィンリィは侍女や侍従ではなく、エイヴェリィの取り巻きの貴族の子弟たちに目をやる。殆《ほとん》どがテリノン家の血筋で構成された者たちだ。宰相《さいしょう》の息がかかっているに違いない彼らに向けて、フィンリィは言う。

「私に王位継承権を放棄《ほうき》させたいのなら、もう少しまともな言動を取るように弟を躾《しつ》けてくれと宰相に伝えて下さい。傀儡《かいらい》になるのは弟の勝手だが――私はそんな者に『クレイド』の名を譲《ゆず》るほどお人好《ひとよ》しじゃない」

きっぱりと言えば、宰相から言いつけられて第二王子の取り巻きをしているらしい何人かが居心地《いごこち》悪そうに視線をさまよわせた。弟の顎から雑に手を離《はな》すと、顔を青ざめさせた弟はふっと意識を無くしたようで、そのまま真っ直《す》ぐに後ろに倒れた。

取り巻きの一人が慌《あわ》てて飛び出して、エイヴェリィの体を支える。

「エイヴ様!?」

「お気を確かに!」

「誰か医者をッ」

俄《にわか》に騒《さわ》がしくなった一団に、フィンリィは冷ややかな視線を向けた。

そんなフィンリィを気遣《きづか》うように、カイが小さく鳴き声を上げる。下を向けば、青金色の瞳が労《いたわ》るように自分を見上げていた。カイのそんな様子に――自分のたった一人の「家族」を害する言動のせいで頭に上っていた血が少しだけ下がる。

「なぁん」

そんな声を上げながら、フィンリィの足に体をすり付けるカイの様子に心が和《やわ》らぐ。

――嫌われているのは、今更《いまさら》仕方がない。

しかし、それを理由に自分の大切なものが虐《しいた》げられるのは我慢《がまん》ならない。

ただ自分の意に染まないという理由で、いたずらに他人の大事なものを傷つけようとする弟の思考回路も許せない。

――軽率《けいそつ》だった。

これを聞けば王妃《おうひ》は怒り狂《くる》うだろうし、国王も良い顔をしないだろう。しかし、未《いま》だに「クレイド」の名前はフィンリィのもとにある。であるから、今すぐにフィンリィをどうこうすることは宰相が許さないだろう。仮にもフィンリィは第一王子であり、エイヴェリィは第二王子でしかない。その事実は覆《くつがえ》しようが無い。それに諍《いさか》いの原因はエイヴェリィにある。

宰相はどんな手腕《しゅわん》でこれを収めるのか。

そんなことを思いながらフィンリィはカイに呼びかける。

「……行こうか」

「なぁん」

エイヴェリィの体調を気遣うことに必死の一団は、白銀の獣を従えた第一王子が去っていくのを誰も止めなかった。

＊＊＊＊

フィンリィとエイヴェリィの間に起こった諍いについて、意外なことに王城から何の沙汰《さた》も無かった。エイヴェリィの取り巻きたちが諍いに至った経緯《けいい》とフィンリィの言い分を、正確に宰相の耳に届けてくれたらしい。

エイヴェリィの学習の遅れは有名で、フィンリィが「クレイド」の名前を返上するのを渋《しぶ》るのも無理は無いと宰相が国王を説得したらしく、エイヴェリィは現在、真面目に勉学に励《はげ》むべく一日の大半を大学の講義室で拘束《こうそく》されているらしい。

第二王子を溺愛《できあい》する王妃だけは異を唱えたが、宰相は王妃の生家であるテリノン侯爵《こうしやく》家の力を借りて、抗議《こうぎ》を取りやめさせたそうだ。何より「エイヴェリィの将来のため」という言葉が王妃には効いたらしい。

宰相の掌《てのひら》で、仮にも国の頂点に立つ国王一家が転がされていることに、普段《ふだん》ならば呆《あき》れたりするところだが——フィンリィの方も、それどころでは無かった。

カイに先導された塔《とう》で見つけた本。

それは間違《まちが》いなく初代国王にして英雄《えいゆう》クレイド・フォーン・オルシャエルゴの手記であった。

問題なのは、手記に書かれている内容である。

一冊読み終えるごとに、崩《くず》れかけの塔に出向き、新しい手記を離宮まで持ち帰り——無我夢中で文字を追い続けた。

寝食《しんしよく》を忘れて書物に没頭《ぼっとう》するフィンリィの世話を焼いたのは、白銀の獣である。食事の時間になれば襟首《えりくび》をくわえてフィンリィを手記から引き剝がし、夜は浴室に追いやり、湯浴《ゆあ》みが済めば寝室《しんしつ》まで押しやった。そんな風にカイに世話を焼かれながら、フィンリィは順調に手記を読み進めた。

フィンリィの先祖にあたるオルシャエルゴの一族が、人間たちの住まう他の大陸から追われたのは——神の試練でも何でもない。人々の平和を乱し、その人たちを支配下に置こうと企《たくら》み続けたことが原因だった。

単なる侵略行為《しんりゃくこうい》である。

確かに、神の恩寵《おんちょう》と呼ばれる不思議な力を宿していた者は一族に多く存在していたらしい。彼らは人を幻惑《げんわく》する術や呪《まじな》いに長《た》けていて、時には一国の内部まで深く潜《もぐ》り込むことが可能だった。しかし、その企みは悉《ことごと》く失敗し、平和を乱す者たちとして、人間の暮らす大陸で徐々《じょじょ》に居場所を失っていった。

——完全に自業自得《じごうじとく》である。

放浪《ほうろう》の一族。

誰にも受け入れられることの無かった先祖に、ほんの少し共感をしていただけに、その事実はフィンリィにとっては衝撃《しょうげき》的だった。

更に衝撃的だったのは、幻《まぼろし》の第七大陸についての記述である。

第七大陸の正式名称《めいしょう》は、ダルネラという。かつて、人間に虐げられていた動物たちが女神《めがみ》から与《あた》えられた、不老不死の聖獣と、それに従う眷属《けんぞく》たちによって平和を享受《きょうじゅ》する動物たちの楽園。その大陸を侵略し理不尽《りふじん》に統治下においた一族こそが、クレイド・フォーン・オルシャエルゴたちである。人の住む大陸を追われたことで同情を買ったオルシャエルゴの一族は、クレイド・フォーン・オルシャエルゴの先導の下、術と呪いを用いて聖獣《せいじゅう》を捕《と》らえた。そして、聖獣を人質《ひとじち》にして、その眷属たちに忠誠を求めたのだ。聖獣の眷属たちは、人と獣《けもの》の二つの姿を持っていたことから、「半獣」という意味のカリヨンと名付けられて、それがそのまま一族の名前となった。

読み終えたところで、フィンリィの顔から血の気が引いた。

足下がひっくり返ってしまったような感覚に襲《おそ》われる。

――なんだ、これは。

英雄が聞いて呆れる所業である。統治に何の正当性も無い、ただの侵略行為だ。オルシャエルゴの一族が労働から解放されたのは、統治したことへの御礼《おれい》でも何でもない。人質として捕《ほ》獲《かく》された聖獣の身の安全を守るために、眷属たちが健気《けなげ》に身代金《みのしろきん》として食料等を献上《けんじょう》したからだ。

――あまりにも、酷《ひど》すぎる。

フィンリィは衣食住の心配をしたことが無い。

それは幼い頃《ころ》からあって当たり前のもので、偉大《いだい》な先祖の偉業によるものだと素直《すなお》に信じていた。そして、少なからず――その偉大な先祖の名前を継《つ》いだことに誇《ほこ》りのようなものを感じていた。

それだというのに、なんだ。この記述は。

平和な土地に押し入り、人質を取って、搾取《さくしゅ》を続けるだなんて――極悪《ごくあく》非道だ。

そして、知らなかったとはいえ、ずっとそれに荷担《かたん》していた自分に虫酸《むしず》が走る。

魔獣《まじゅう》について公式の史料に記録が残されていない理由が、ようやく分かった。そしてカリヨン族が罪の一族として遠ざけられていた理由も、その姿を誰《だれ》も見たことがない訳も。

あまりにも、オルシャエルゴの一族の悪行が過ぎた。

第七大陸を統治する正当性が失われれば、王族への求心力が失われてしまう。だからこそ、都合の良い形に事実を改竄《かいざん》して後世に残したのだ。本当のことを知る者は、玉座を継ぐただ一人だけにして。

――どうしよう。

あまりの事実に頭が追いつかない。しかし、この手記を馬鹿《ばか》正直に公開したところで、誰もフィンリィの言葉に耳を傾《かたむ》けないことは明白だった。王位継承《けいしょう》権を放棄《ほうき》することに対しての反抗《はんこう》として片づけられてしまうかも知れない。虐げられているカリヨン族と連絡《れんらく》を取ったところで、嫌《きら》われ者――半ば王位継承者から外されている第一王子に出来ることがあるだろうか。

間違っていることは分かる。しかし、それをどう正せば良いのか分からない。

――どうすれば良い？

ぐるぐると考えながら、指先は手記の頁《ページ》をめくる。

聖獣についての詳細《しょうさい》な描写《びょうしゃ》と、捕らえた聖獣の処遇《しょぐう》が記されていた。

聖獣は三つの姿を持つ。幼獣姿。成獣姿。そして、人間の姿である。聖獣は自在に姿を変え、幼獣姿以外の時は人語を話すことが出来る。

聖獣は、白銀の毛並みを持ち、白い光を放って姿を変える。瞳《ひとみ》の色は、青と金の入り交じった不思議な色をしている。

殺すことは出来ない。

呪術《じゅじゅつ》を用いて塔の最下層に封印《ふういん》を施《ほどこ》す。玉座に就《つ》く者は、この獣を封印するために我《われ》らの呪力を、封印の呪具に込めることを日課にすべし。

ざあっ、と耳の中で音がしたような気がする。

今度こそ、フィンリィの顔から完全に血の気が引いた。聖獣を封印している呪具に力を注ぐ詳細が後の頁に書かれていたが、それがされていないのは明白である。

四代国王の死と共に、五代国王へと王位は渡《わた》った。あれは貴族たちが噂《うわさ》をしている通り、やはり謀殺《ぼうさつ》だったのである。そのため正統な後継者であれば当然知っている筈《はず》だった——国の根幹に関《かか》わる魔獣の真実についての情報が失われたのだ。封印は更新《こうしん》されないまま、聖獣を閉じこめた塔は放置され、やがて朽《く》ち果てていった。

そして最下層——一階部分の石壁《いしかべ》は崩れて落ちた。

その後に何が起こったのか。聖獣がどうなったのか。フィンリィは、誰よりも知っている。

「なぁん」

聞き慣れた鳴き声にハッとする。辺りはいつの間にか薄暗《うすぐら》くなっていた。塔から持ち出した手記を積み上げた部屋の中は埃臭《ほこりくさ》い。

書き物机に手記を広げたまま、フィンリィは後ろを振《ふ》り返る。

「……カイ――」

「なぁん」

フィンリィの蒼白《そうはく》な顔を見て、カイが気遣《きづか》わしげな声を出した。椅子《いす》から立ち上がって、カイの前に膝《ひざ》を突《つ》く。のぞき込んだ瞳は、美しい――満天の星のような青金色だ。不思議そうにフィンリィを見やるカイに、フィンリィはか細く問う。

「……カイは――聖獣？」

殆《ほとん》ど確信を持った――けれども、違《ちが》っていて欲しいという願いを捨てきれない――フィンリィの問いに、カイは少しだけ首を傾《かし》げた。それから、静かに口を動かす。

「フィンリィ」

落とされたのは、いつもの鳴き声とよく似た――確かな名前だった。

頭では理解していたはずなのに、現実を見せつけられると感情が追いつかない。

呼びかけに応《こた》えることも出来ずに、フィンリィはただただ獣を見つめていた。

そんな沈黙《ちんもく》がしばらく続いた後――白銀の獣は小さく伸《の》びをしてから、体に柔《やわ》らかな白い光をまとい始めた。やがて、フィンリィの唯一《ゆいいつ》の「家族」であった獣の姿は消え去り、そこには一人の男が立っていた。

白銀の髪《かみ》に、褐色《かっしょく》の肌《はだ》。白い布を巻き付けたような服を着ている。

そして何より——美しい、星空を閉じこめたような青金色の瞳をしていた。

「フィンリィ」

フィンリィの名前を、当然のように呼んで——男は困ったような顔をして屈《かが》み込む。

いつの間にかフィンリィは、その場にへたり込んでいた。体中から力が抜《ぬ》けてしまったような虚脱《きょだつ》感に襲われている。どうしたら良いのか分からない。

そんなフィンリィの顔を見つめて、相手は眉《まゆ》を下げて言った。

「驚《おどろ》かせて悪かった、フィンリィ。この間は俺が突然《とつぜん》人の姿を取ったから、怯《おび》えていただろう？　他に伝える方法が思いつかなかったんだ」

そう言いながら相手の手が、フィンリィの頰《ほお》に触《ふ》れる。優《やさ》しく気遣うような指先は、物言わぬままフィンリィを気遣ってくれていた白銀の獣の仕草とそっくりだった。

その掌《てのひら》に頰を拭《ぬぐ》われたところで、フィンリィは自分が泣いていたことにようやく気が付いた。咄嗟《とっさ》に相手の掌から距離《きょり》を取って、自分の腕《うで》で目元を拭う。そんなフィンリィの様子に相手はますます困ったような顔をする。その顔を見た途端《とたん》に、フィンリィの口を衝《つ》いて出たのは謝罪の言葉だった。

「ごめん」

「――フィンリィ？」

「ごめん、なさい」

今日から、お前は僕の「家族」だからね。

そんな言葉と共に、崩《くず》れた塔《とう》から白銀の獣を連れ出した日のことをよく覚えている。物言わぬまま、それでもフィンリィの腕に抱《だ》かれてくれている温かい存在が――とても嬉《うれ》しくてたまらなくて。本当に、嬉しかったのだ。嬉しくてたまらなかったのだ。たった一人の自分の家族。そう思って、大切に大切にして来た。それなのに。

――何が「家族」だ、笑わせる。

そんな名前で縛《しば》り付けて、この七年の間ずっと弱音を吐《は》いて縋《すが》って頼《たよ》ってきた相手を虐《しいた》げていたのは、他《ほか》ならぬ自分たちだった。

こちらの都合で閉じこめていたにもかかわらず、勝手に連れ出して家族ごっこを強《し》いて。

なんて、ことを。

「――ごめんなさい」

それしか言葉が出て来ない。

泣いたところで何一つ償《つぐな》いにならないというのに、目から勝手に涙《なみだ》がこぼれ落ちて止まらない。許してくれ、という言葉は浮《う》かばなかった。

先祖の行いだとはいえ、あまりにも取り返しがつかない。

二百年。その間ずっと虐げて、今も尚《なお》その仲間に労働を強いている状態で、そんなことを口に出して言える訳も無い。

——ただ、それでも嬉しかったのだ。この七年間。傍《そば》に寄り添《そ》っていてくれることが、嬉しかった。名前を呼べば応えてくれることも。相手がどう思っているのかは分からないが、それでも確かに幸せだった。だから——余計に。

「ごめんなさい」

顔を上げていることが出来ずに項垂《うなだ》れる。

床《ゆか》に突いた手に、ぽたぽたと雫《しずく》が落ちていく。

フィンリィの謝罪の言葉の後、しばらくの沈黙ののちに相手が言った。

「フィンリィ」

時折、王城の者たちとの軋轢《あつれき》に耐《た》えかねて泣き出すフィンリィを慰《なぐさ》める時のような、あの鳴き声によく似た声で名前を呼ばれる。

「お前は何も悪いことなんてしていないだろう」

その言葉と共にフィンリィの体はふわりと浮いた。気が付いた時には相手の腕の中にフィンリィの体があった。手を添えて顔を上げられて、相手の唇《くちびる》が頬に落ちてくる。

いつもフィンリィを慰めてくれていた——カイの動きと同じだった。

その事実に余計に心が痛む。いつものようにすがりついてしまいそうになる体を叱咤《しった》して、フィンリィは相手と距離を取るように体を押しやった。

「フィンリィ？」

「――」

不思議そうに名前を呼ばれる。

本当にひとかけらも、フィンリィは悪いことなどしていないというように。

上手《うま》く考えが纏《まと》まらなくて、言葉が出て来ない。知らなかったから、という理由で全《すべ》てが許されるとは思えない。そんなフィンリィに向かって、相手は眦《まなじり》を下げた。

柔らかい光を帯びた青金色。

それが、どこか傷ついたような色を帯びてフィンリィを見つめた。

「フィンリィ、俺はもう『家族』じゃないか？」

「――え？」

「ただの獣《けもの》じゃないと、お前の『家族』でいられないか？　人の姿を取る俺は――嫌《いや》か？」

家族か、家族じゃないか。

そんなことを決めるのは、フィンリィの方では無いというのに。思いながら硬直《こうちょく》するフィンリィの体を、相手は優しく引き寄せた。腕の中にすっぽりと収まる。慣れた毛並みの感触《かんしょく》は無い。逞《たくま》しい腕と体躯《たいく》は間《ま》違《ちが》いなく人間のものだ。それなのに、日向《ひなた》の匂《にお》いは同じだった。

「フィンリィ」

柔らかい声が名前を呼んだ。

生まれてから長らく、誰《だれ》も呼んでくれることの無かった自分の名。

「ずっと呼んでやりたかった」

そう言いながら、こめかみに口づけられる。

唇が戦慄《わなな》いて、言葉が上手く出てこない。恐《おそ》る恐る顔を上げると――初めて見た時と変わらない、美しい満天の星のような瞳《ひとみ》が、フィンリィを見ていた。

胸が詰《つ》まったようになって、息が出来ない。

「……っ、ぁ」

そんなフィンリィを気遣うように、相手が優しく名前を呼んだ。

「フィンリィ？」

「――るの？」

「何が？」

「『家族』で、いてくれるの――？」

聖獣《せいじゅう》の慈悲《じひ》を台無しにして、囚《とら》われの身にしておいて、眷属《けんぞく》たちを使役《しえき》した男の末裔《まつえい》だ。その男と同じ一族だ。それなのに、良いのだろうか。

そんな風に思うフィンリィに、相手が柔らかく笑って言った。

「お前が許してくれるなら」

そう言って大きな掌が、フィンリィの頬を拭う。

注がれる眼差《まなざ》しは、どこまでも優しかった。

「フィンリィ？」

呼びかけられる。

心の内を、どうすれば言葉に出来るのか分からなかった。ただ、縋るように相手の背中に腕を回して、しがみつくように抱きつく。

返事は、それが精一杯《せいいっぱい》だった。

そんなフィンリィの拙《つたな》い動きを責めることもなく、フィンリィの背中に腕を回して抱き上げるようにして、相手はフィンリィの旋毛《つむじ》に優しく唇を落とした。

＊＊＊＊

そもそも、この世界というのは——神々の気まぐれによって創《つく》られたものらしい。

まず神々は六つの大陸を創り、そこに自分たちの姿を模した人間や、様々な生物を創って送り込んだ。そうして、しばらく人間たちが社会生活を営む様子を見守っていたそうだ。神々は気まぐれだった。ある者は人間たちを困らせ、ある者は人間たちを救い、ある者は人間たちに加護という名の特別な力を与《あた》えた。

ある時。まだ神々が、この世界を見守っていた頃《ころ》のこと。六つの大陸の動物たちが、神に嘆《たん》願《がん》をした。増えすぎた人間たちによって、動物たちは住処《すみか》を奪《うば》われ、仲間を失い、ある時は遊興のために殺されていた。その状況《じょうきょう》から、どうか自分たちを救い出してくれと。

そう祈《いの》った動物たちの願いを、愛の神が聞き入れた。

愛の神は、人間のいない新しい大陸——第七大陸ダルネラを創り、嘆願に来た動物たちをその地に住まわせた。そして、聖獣を遣《つか》わし、嘆願に来た動物たちを聖獣を補佐《ほさ》するための眷属として新たな力を与えた。しばらくして神々は、新しい世界を創りその世界を見守るために、この世界から去っていった。

第七大陸は神々が去った後も、愛の神から与えられた加護と聖獣の力によって人間たちに荒《あ》らされることなく、動物たちの楽園として長いこと存続していた。二百年前——迫害《はくがい》されていたオルシャエルゴの一族が、渡《わた》ってくるまでは。


お前も一人なの？


七年前のひとりぼっちの誕生日。

青金色の瞳に、そう声をかけたのは、そうであって欲しいという願望からだった。

けれど、結局一人なのはフィンリィだけだったようだ。

あの日、連れ帰った相手はフィンリィよりもずっと多くの大事なものを持っていた。

神からの使命。大陸の統治権。大陸に生きる眷属たちと、動物たちの命。

以前から獣姿でフィンリィのところに連れてきていた動物たちは、王城に侵入《しんにゅう》を試みた聖獣の眷属たちだそうだ。王城には、眷属が立ち入れないように強力な結界が張ってあるらしい。

それがこの数年で緩《ゆる》み眷属が忍《しの》び込む隙間《すきま》が出来ているそうだった。

離宮《りきゅう》の居間で長椅子《ながいす》に座りながら、フィンリィは腕《うで》の中を見やる。

現在、フィンリィの腕の中には気を失った黒い犬がいた。

「フィンリィ、すまないが介抱《かいほう》してやってくれ」

そう言って成獣姿のカイが、大型犬に分類されるだろう犬を引きずって離宮に連れて来たのが今朝のことである。

全体がなめらかな黒い毛をしていて、しなやかな筋肉が体中を覆《おお》っている。ぴんと立った耳と、鋭《するど》い犬歯。くるりと丸くなった尻尾《しっぽ》が特徴《とくちょう》的な犬だった。

今までカイが連れてきた動物たちと同じく、四肢《しし》を強《こわ》ばらせて気絶している。その緊張《きんちょう》が緩むようにと黒犬の体を撫《な》でていると、人の姿を取ったカイがフィンリィと長椅子の間に体を滑《すべ》り込ませて座り、そのままフィンリィの体を抱き込んだ。

温かい体温。それから、日向の匂い。腹に回される手に、どくりと心臓が鳴る。

「あの、カイ……？」

弱々しく呼びかけると、どうかしたかと言うような声がする。

「うん？」

「近く……ない、かな？」

意識が背後の存在に向く。心臓が早鐘《はやがね》を打ち始めた。

カイがただの獣ではなく、聖獣だと知ってから、フィンリィは態度を改めようとしたのだ。

自分の付けた名前を呼ぶのも、気安い言葉で話すのも止《や》めようと。

しかし、フィンリィが敬語を使おうとしたり、名前を呼ぶのを控《ひか》えようとすると、どちらかというと鋭く吊《つ》り目がちの相手の眦が、しょんぼりとしたように下げられるので居たたまれない。何より相手から「前のようには接してくれないのか？」と寂《さび》しそうに聞かれると、どうしようも無かった。

ただ、人の姿をしていると――どうしても慣れない。

呼びかけられるのも、抱きしめられるのも、何もかも。

そんなフィンリィに、カイは笑って言う。

「獣姿の時は、いつもこれぐらい近くにいただろう？」

人の姿にも慣れてくれ、と言いながら、フィンリィの首筋に唇を押し当てる相手にフィンリィは途方《とほう》に暮れて、無心で膝《ひざ》の上の黒犬を撫でた。

――この世を作っているのは、そもそも光と闇《やみ》だそうだ。

神々は、それぞれ光と闇を司《つかさど》り、主神のみが両方の力を平等に使えたらしい。

そして、人間は光と闇の両方の力を平等に宿してこの世に生まれてくる。ただ、オルシャエルゴの一族は例外だった。カイも詳細《しょうさい》は分からないと言うが、まだ神々がこの世界を見守っていた頃に、闇の力を司る神と取引をしたのだろうと言う。一族は代々、闇の力――陰《いん》の気を突《とっ》出《しゅつ》して体に宿し生まれて来た。一方、聖獣は光を司る愛の神によって遣わされて、その身には陽の気を宿している。そして聖獣の眷属たちも同様だった。

クレイド・フォーン・オルシャエルゴは、その相反する力を利用して陰の気で満たした空間を作り上げ、強力な陰の気を結界とすることで眷属たちを遠ざけてきた。今までカイがフィンリィのもとに連れてきた眷属たちが悉《ことごと》く気絶していたのも、強すぎる陰の気に中《あ》てられてのことらしい。一心不乱に黒犬の体を撫でながら、フィンリィは己《おのれ》の何でもない掌《てのひら》を見やる。

フィンリィの体には、オルシャエルゴの一族と正反対の陽の気が溢《あふ》れているそうだ。カイの見立てだと、本来二つある要素の内の一つを抑圧《よくあつ》し続けた反動で、蓄積《ちくせき》されて来た陽の気がフィンリィ一身に集まってしまったらしい。そして、フィンリィはそれを無意識に放出しているそうだ。それが今までフィンリィが冷遇《れいぐう》され続けてきた原因ではないか、とカイは言う。フィンリィの瞳の色が、王族の特徴である赤褐色《せっかっしょく》ではなく、橙色《だいだいいろ》であるのも、少なからずその影響《えいきょう》を受けていると考えられるそうだ。

クレイド・フォーン・オルシャエルゴの時代より、人々のまとう陰の気は確実に薄《うす》れて来ているらしい。それでも、突出した陽の気は、陰の気を多く持つ人たちに言いようの無い不快感を与えるそうだ。母胎《ぼたい》であれば、尚更《なおさら》その影響を受ける。

そう言われて、フィンリィは何と言ったら良いのか分からなかった。

結局、フィンリィがフィンリィとして生まれたことが悪かったのか——と思ってしまう。

そんなフィンリィに、カイは笑って言った。

「フィンリィのお陰《かげ》で、俺はこうして外に出ることが出来た。だから、フィンリィが生まれて悪いことなんて無いだろう」

そんな言葉と共に、今までの人生で名前を呼ばれなかった分を取り戻《もど》すように、カイはフィンリィの名前をとろけるような甘さで呼び続けた。そんなカイの声を聞きながら——最後は羞《しゅう》恥《ち》のあまり気絶するようにして眠《ねむ》りに就《つ》くのが、ここ最近ずっと続いている。

目が覚めれば、当たり前のように二人とも寝台《しんだい》で裸《はだか》のまま——カイの腕に抱《だ》き締《し》められていて頭が沸騰《ふっとう》しそうになる。カイ曰《いわ》く、獣《けもの》の時も人の姿の時も意識が保たれているらしい。だから、カイは、いつも通りの距離《きょり》感《かん》で接しているだけで、「家族」なのだから当たり前だろうと言う。しかし、フィンリィは、どうしても羞恥心が拭《ぬぐ》えない。今まで安心しきっていた相手に対して、改めて羞恥心を抱《いだ》くフィンリィをカイは不思議そうに見ている。この七年間、散々、獣姿のカイに甘えたり弱音を吐《は》いたり素《す》の部分を晒《さら》してきた。カイはそれらを受け入れて、フィンリィのことを甘やかしたり労《いたわ》ったりしてくれていた。それらに、今度は言葉が付いてきた。たっぷりと浴びせられる優《やさ》しさと甘さを含《ふく》んだ言葉の過剰摂取《かじょうせっしゅ》で、フィンリィの頭はどうにかなりそうだった。

「ひっ、ぁッ……!?」

思わず飛び上がる。耳朶《みみたぶ》の上部にカイが柔《やわ》らかく歯を立てたからだ。

「な、なに——?」

「可愛《かわい》い耳だから」

「は、ぁ……!?」

「獣姿だと、歯で怪我《けが》をさせてしまいそうで出来なかった」

　そう言いながら、今度は耳の裏に唇《くちびる》を押し当てられる。

　可愛い、という言葉にフィンリィは硬直《こうちょく》した。

　何を馬鹿《ばか》なことを。可愛い、なんて。まだフィンリィが幼い子であるならばともかく、立派な成人男子に使う言葉ではない。必要とあらば物怖《ものお》じせずに城の者たちに冷たい言葉を発する、可愛げの欠片《かけら》も無い姿をカイだって見てきただろうに。そんな風に否定を返せないのは、心の底から相手がそう思っているというのが伝わってくるからだ。柔らかな声は、七年間聞いていた獣の声と何一つ変わらず、感情をそのままに伝えてくる。

　口を開いたり閉じたりしながら、どうすればこの自分に甘すぎる生き物から少しでも距離《きょり》を取れるだろうかと考えていると、フィンリィの膝の上に寝《ね》ていた黒犬がぴくりと動いた。

「あ……」

　助かった、と純粋《じゅんすい》に思う。硬直が解けたらしい黒犬はごろりと腹を向けて仰向《あおむ》けになった。そのままフィンリィの掌を強請《ねだ》るように、体をくねらせながら尻尾をぶんぶんと振《ふ》り始める。

「えっと……」

　請《こ》われるままに撫でてやれば、気持ちの良さそうな声で「くぅん」と黒犬が鳴いた。

　――どうやら回復したらしいが、これからどうしてやれば。

　そんな思いで黒犬を撫で続けていれば、フィンリィの体を抱き込んだまま、カイが黒犬に向かって呼びかける。

「ユリウス」

その言葉に、黒犬の瞳《ひとみ》がかっと開いた。

今まで気持ちよさそうに仰向けに寝転《ねころ》がっていた黒犬が、フィンリィの膝から転がるように落ちて床《ゆか》に着地する。途端《とたん》に淡《あわ》い光と共に、黒い犬は黒髪《くろかみ》の青年へと姿を変えた。

カイがまとっているのと同じく、ゆったりした白布を体に巻き付けるような服を着ている。

フィンリィとカイの姿を見た青年は、目を見開いて怒号《どごう》を上げる。

「なぜ人間が聖獣様《せいじゅう》と共に居る⁉」

叩《たた》きつけるような声で言われて、その目に宿るぎらぎらとした殺気に、フィンリィは言葉を詰《つ》まらせた。黒犬だった青年の言葉に答えたのは、フィンリィを背後から抱き込んだままのカイだった。

「俺の『家族』だからだ」

そう言いながらフィンリィの体を横抱きにすると、あっという間に膝の上にのせて額に唇を落とす。あまりにも滑《なめ》らかな動きに呆気《あっけ》に取られていると、悪戯《いたずら》っぽく笑《え》みを浮《う》かべながら青金色の瞳がフィンリィをのぞき込んだ。

「そうだな、フィンリィ？」

確認《かくにん》するように問いかけられる。それにフィンリィが言葉を返すよりも先に、悲鳴のような声で青年が言った。

「『家族』!?」

大声に体を竦《すく》ませるフィンリィを抱き寄せながら、カイが宥《なだ》めるように青年を見やる。

「声が大きいぞ、ユリウス。俺が『家族』を持つことに、何か不都合があるか？」

「『家族』を持つのは構いませんッ、しかし――よりにもよって、人間など！　貴方《あなた》を陥れた《おとしいれた》者を『家族』にするなど、そんな――ッ！」

「確かに俺は人間に囚《とら》われていた。しかし、俺を封印《ふういん》していたのはフィンリィではない。それにあれらをこの地に招き入れると決めたのは、間違《まちが》いなく俺だ。俺にも失態はある。その責任は負うさ」

「貴方を陥れた一族の者であることは違いないでしょう！　二百年前のことを忘れたのですか!?　貴方の優しさに付け込んで、その一族がこれまでどれほどの苦役《くえき》を我々に強《し》いてきたか!!」

――それは本当のことで、責められて当然のことだった。

いくらカイがフィンリィに罪が無いと言ってくれたところで、眷属《けんぞく》たちにしてみればフィンリィは、卑怯《ひきょう》な手を使って自分たちの主人を封印した人間たちと同じだろう。

言葉を交《か》わせば交わすほど、青年が頭に血を上らせていくのが分かる。

フィンリィは思わずカイの服を引いた。

「カイ……僕、いや、私は、席を外して――」

その方が、ゆっくり話せるだろう。そんな思いで小さく発したフィンリィの言葉を、青年ははっきりと聞き取っていた。顔色を変えて、カイに詰め寄る。

「聖獣様!? まさか、その者に『名付け』までさせて――」

「ああ、俺の名前だ。良い名前だろう？ ただ、お前は呼ぶなよ。フィンリィだけの名前だ」

「そんな話はしておりません――!!」

ぐわっ、と青年の体に怒気が漲《みなぎ》る。あまりの怒《いか》りに、二の句が継《つ》げないようだった。

「ユリウス、そんなに興奮していると――」

怒りに満ちた青年に、カイが宥める言葉をかけようとしていると、途中《とちゅう》で発光と共に青年は
――再び黒犬の姿に戻っていた。

フィンリィは思わず瞬《まばた》きをする。

黒犬に戻ってしまった青年は、狼狽《うろた》えたようにしていたものの、唸《うな》りながらフィンリィを睨《にら》みつけ、きゃんきゃんと吠《ほ》え始める。そんな黒犬の姿に、カイが溜息《ためいき》を吐いた。

「この陰《いん》の気に満ちた場所で、そんなに感情を乱しては人の姿が保てる訳が無いだろう。その調子でいると、また昏倒《こんとう》するぞ」

カイからの忠告に、黒犬がぴたりと吠えたてるのを止めた。ただ不満たらたらに、唸り声を上げるのは止めない。そんな黒犬の様子を見ながら、呆《あき》れたような顔でカイが言う。

「犬の眷属の長《おさ》であるお前が、そんなに取り乱してどうする。俺の無事を他《ほか》の眷属から聞いて、様子を見に来たんだろう？ 最初の目的を見失って、俺の『家族』をけなすだけなら、もう帰ってくれ。他の眷属の長の方が話が通じそうだ」

その言葉に、黒犬が唸るのを止めた。しょんぼりと耳を伏《ふ》せ、尻尾《しっぽ》を力無く丸める様子に、思わず可哀想《かわいそう》という気持ちが沸《わ》き上がってくる。

「ユリウス？」

どうする、と言うようにカイが名前を呼ぶと、「くぅん」と小さく鳴いた黒犬が謝罪するように頭を伏せた。

仕方がない、という顔でその様子を眺《なが》めたカイが、フィンリィに目を向けた。

「フィンリィ、悪いが撫《な》でてやってくれ」

「え？」

フィンリィは構わないが、こんなに人間に対しての敵愾心《てきがいしん》を露《あら》わにしている相手を撫でるのは——相手にとって酷《こく》では無いだろうか。そんな思いでカイを見上げれば、カイが安心させるように言う。

「大丈夫《だいじょうぶ》だ、噛《か》みつかせたりはしない」

「いや、そういうことじゃなくて……」

「ユリウス」

フィンリィの懸念《けねん》と全く違《ちが》うことを口にしたカイは、黒犬の名前を呼ぶ。

「フィンリィに撫でて貰《もら》え」

なぜ、という感情を隠《かく》しもせずに、黒犬が毛を逆立てる。

「そうしないと話が進まないからだ。お前も人の姿が取れないと不自由だろう」

ほら、早く。そんな風に急《せ》かすカイの言葉に、いかにも渋々《しぶしぶ》という顔でユリウスが長椅子《ながいす》に歩み寄ってきた。不服ということを隠す様子もなく、頭を突《つ》き出すようにしてくる黒犬に、フィンリィは困ってしまってカイを見上げる。

「撫でてやってくれ」

再度のお願いに、フィンリィは黒犬の頭に手を伸《の》ばした。

こちらの様子を窺《うかが》って、緊張《きんちょう》するようにぴんとしていた耳が、フィンリィが触《ふ》れた途端にへにゃりと力なく伏せられた。警戒《けいかい》するように見開かれていた目が、とろんとして瞼《まぶた》が下がる。

この撫で方で合っているのか、どうか。

獣《けもの》姿のカイにしてやっていたように、毛並みを整えるようにして頭を撫でて、耳の付け根を優《やさ》しく揉《も》んでやる。途端に、がくりと黒犬の体が倒《たお》れた。

「えッ」

驚《おどろ》いて思わず身を乗り出す。先ほどの殺気はどこへやら。黒犬は、ごろりと仰向けになって腹を見せながら、「くぅん」と甘えたような声で鳴いて尻尾を振っていた。

「ユリウス」

笑みを含《ふく》んだ声でカイが呼びかければ、黒犬が我《われ》に返ったように飛び上がり、それと同時に再び青年の姿を取った。青年の顔が真っ赤になっている。

「な……なんなんですかっ、その者は⁉」

その問いにカイが笑って答える。

「俺のフィンリィだ」

「そんなことは聞いていませんっ、なんですか、この陽の気は――ッ」

首筋まで真っ赤になっている青年を不思議な目で見つめていると、カイが言う。

「俺を呪具《じゅぐ》で封《ふう》じ込めていた塔《とう》から救い出してくれたのはフィンリィだ。陰の気で弱りきった俺が、また人語を話して人の姿を取れるようになるほど回復したのも、フィンリィがずっと傍《そば》において、陽の気を注ぎ続けてくれたからだ。死ぬことは無いが、俺も弱ることは知っているだろう？　今こうして話が出来るのも、フィンリィのお陰《かげ》だ。お前だって、この陰の気だらけの中で、人の姿を取ることが出来ているのは、今フィンリィが陽の気を注いでくれたからだろう」

カイの言葉に、目の前の青年が物凄《ものすご》く複雑そうな顔をする。

フィンリィはと言えば、あまりにも贔屓《ひいき》の過ぎる話し方に戸惑《とまど》ってカイを見上げた。

別に、フィンリィはカイを助けようと思って行動していた訳ではない。

フィンリィがカイを塔から連れ出したのは、寂《さび》しかったからという身勝手な理由に過ぎない。ずっと傍にいたのも、初めて得た「家族」という存在に甘えきっていたからだ。それ以上も以下も無い。それを知っている筈《はず》なのに、カイの説明では――まるでフィンリィがカイの為《ため》に献《けん》身《しん》的に動いていたように聞こえてしまう。

「いや、あの――」

訂正《ていせい》しようと開いた口は、カイの指に止められた。内緒《ないしょ》、とでもいうようにひとさし指を唇《くちびる》に押し当てられて、優しく微笑《ほほえ》まれるのに、なんだか分からないが勝手に頬《ほお》が赤くなる。

そんなフィンリィとカイのやりとりには目もくれず、苦悩《くのう》した顔で青年は歯軋《はぎし》りをした。それから苦渋《くじゅう》、という表情で青年が絞《しぼ》り出すように言う。

「……その者が、聖獣《せいじゅう》様の恩人だということは分かりました」

恩人なんて、そんな大層なものになった覚えは無い。青年の口から飛び出した大仰《おおぎょう》な言葉に、仰天して目を見開くフィンリィの唇を、指先で封じたままカイが言う。

「それで、今日のお前の用件は？」

気を取り直すように咳払《せきばら》いをしてから青年は言った。

「――お迎《むか》えに上がりました」

カイがその言葉に軽く眉《まゆ》を上げる。

「迎え？」

「聖獣様がご無事で、自由に歩き回れるほどに回復したと、偵察《ていさつ》に送り込んだ他の眷属たちの報告から聞いていました。人の姿を取れるほどに回復したのは今知りましたが――それならば、尚《なお》のこと好都合です。この土地は捨てて、我らのところにお戻《もど》り下さい。ここに貴方がいなくなれば、我々は人間などに従う義理はありません」

「なるほど」

そこで青年の視線は、カイの膝《ひざ》に横抱《よこだ》きにされたままのフィンリィに向けられた。苦々しい声で青年が言う。

「その『家族』については——聖獣様のご判断にお任せします。ですから、このようなところからは一刻も早く」

青年の言葉を遮《さえぎ》って、カイは言った。

「悪いが、お前たちのところに帰る訳にはいかないんだ」

はっきりとした拒絶《きよぜつ》の言葉に、青年は目を見開いて硬直《こうちよく》した。それから、怒気を含んだような声で言う。

「なぜです⁉　このような場所に、いつまでも貴方《あなた》がいる必要は——」

まくし立てようとする青年の言葉を、カイは片手を上げて封じ込めた。

「俺が戻らないのは、ここにいなければならないからではない。お前たちのところに行くのが安全だと言い切れないからだ」

放たれた言葉に、青年が呆然《ぼうぜん》とする。それから、動揺《どうよう》したような声で言う。

「どういう、意味です？　それは——」

「二百年前。俺が囚《とら》われたのは、クレイド・フォーン・オルシャエルゴだけの力ではない」

「は——？」

絶句する青年に向けて、カイは掌《てのひら》を翳《かざ》した。男らしい、ごつごつとした掌。ようやくフィンリィが、その温《ぬく》もりに慣れてきたばかりの手。しかし、青年にとって翳された掌は衝撃《しようげき》的なものだったらしい。青年が狼狽《うろた》えた声で言う。

「聖獣様——指輪は、どちらに——？」

フィンリィは首を傾《かし》げた。

──指輪？

「二百年前に、何者かに奪《うば》われた。俺が容易《たやす》く捕《つか》まったのもそのせいだ。そして、人間たちがこれほど強固に、この大陸の支配者でいられたのも──あの指輪の力だろう」

「なんですって？」

絶句した青年に向けて、カイは淡々《たんたん》と言葉を続ける。

「あの指輪について知っているのは、俺とお前たち眷属《けんぞく》だけだ。それなのに俺を封じ込める時に真っ先に、指輪が奪われた。──誰《だれ》かがクレイド・フォーン・オルシャエルゴに指輪の話をしたんだ。そして、指輪の行方《ゆくえ》は分からない」

「なん、ですって？」

あれほど怒気《どき》に満ちていた青年が、今では真っ青になってカイを見つめている。

青金色の瞳《ひとみ》で青年を見つめて、カイは言葉を放った。

「恐《おそ》らく、眷属たちの中に、人間と通じて俺を陥《おとしい》れた者がいる。その者が見つかるまで、俺はここから離《はな》れない」

「我々の中に、聖獣様を裏切った者が──？」

信じられないというような顔で、青年が呟《つぶや》く。

その呟きに含まれた物騒《ぶっそう》な言葉に、フィンリィの胸がひやりと冷たくなった。

愛の神は聖獣を地上に遣《つか》わす時、動物たちのために創《つく》った第七大陸の統治者の証《あかし》として指輪を与《あた》えた。その指輪が無ければ、聖獣は十全な力を発揮することが出来ず、再び大陸の統治者として君臨するのは難しいのだという。

既《すで》に去って久しい神の力によって放浪《ほうろう》を余儀《よぎ》なくされた人間の一族を哀《あわ》れんだ聖獣は、大陸に住まうことを許した。しかし、それはあくまで仮の住処《すみか》としてだった。オルシャエルゴの一族の先祖が、どのような取引をしたのかは分からない。けれど、代を重ねれば陰《いん》の気は弱まり、やがて陽の気と中和して普通《ふつう》の人々と変わらなくなるだろう。そうなれば、再び人間たちの住まう他《ほか》の大陸へと一族を送り出すつもりでいたのだと言う。

だから当然、統治の根幹に関《かか》わるような秘密はオルシャエルゴの一族には伝えていない。伝わっていない。

——その筈だった。

ただ、実際に聖獣の手から指輪は奪われ、そのまま囚われの身として二百年の時を過ごすことになった。指輪の在《あ》り処《か》は不明だ。フィンリィが崩《くず》れかけの塔から離宮《りきゅう》に運び込んだクレイド・フォーン・オルシャエルゴの手記にも、指輪に関する記述は無かった。もしかしたら口伝で、正統な王位継承《けいしょう》者には伝えられていたのかも知れないが——そうであるならば、その秘密の答えはとっくに失われていたことになる。そんな話を聞き終えた犬の眷属の長《おさ》である青年

──ユリウスは、蒼白《そうはく》な顔をして引き上げていった。

今は密《ひそ》かに眷属たちを探《さぐ》っているらしい。それと並行《へいこう》して、指輪の在り処を捜《さが》すために潔白が確信出来たものを送り込んで王城内を探らせるということも言っていた。

「……う、ん」

フィンリィは眠《ねむ》りから中途半端《ちゅうとはんぱ》に覚めた頭で、小さく呻《うめ》き声を上げながら丸くなる。朝の光が瞼《まぶた》を透《す》けて眩《まぶ》しい。なんだか体中が倦怠感《けんたいかん》に満ちている。ここ最近、目まぐるしく変わる自分の身辺に、気が付かない内に疲労《ひろう》が蓄積《ちくせき》されていたのかも知れない。

王位継承権と、「クレイド」の名の返上の要求。

オルシャエルゴの統治の秘密。

偉大《いだい》な英雄《えいゆう》像の崩壊《ほうかい》。

そして、家族として過ごしていた白銀の獣《けもの》が、かつて先祖が倒《たお》したとされる魔獣《まじゅう》で。魔獣は、本当は神に遣わされた聖獣で。自在に姿を変える相手は、人の姿を取り、人語を操《あやつ》り、そしてフィンリィをこの上なく甘やかす。

──もう、いっぱいいっぱいだ。

王位継承権と「クレイド」の名を取り上げられた後は、離宮でひっそりと暮らしながら生涯《しょうがい》を終えると思っていたのに。フィンリィを心の底から「家族」と呼んで大事にしてくれるような、そんな相手が現れるなんて想定外だ。

そんなことを思いながら小さく唸《うな》っていると、するりと指先が頬を撫《な》でた。そのまま指がやわやわと耳朶《みみたぶ》を揉《も》む。気持ちよくて溜息《ためいき》を吐《つ》けば、少しだけ笑《え》みを含《ふく》んだ声が言う。

「フィンリィ、まだ寝《ね》るか？」

「……んぅ」

「今日は王城に呼び出されているだろう。大丈夫《だいじょうぶ》なのか？」

——王城の呼び出し。

そこで、ようやく重い瞼を開く。もはや見慣れた褐色《かっしょく》の肌《はだ》が目の前に広がっていた。

王位継承権と、「クレイド」の名前の返上について、宰相《さいしょう》に改めて返事を聞くと言われた期限が今日だった。偉大な英雄と呼ばれていた初代国王の所業を知ってしまった今、「クレイド」どころか、「フォーン」という王族の姓《せい》にもフィンリィは未練が無い。

けれど、それらを捨ててしまって、ただのフィンリィになってしまった先——どうなるのか予想も付かないことが怖《こわ》い。

カイはフィンリィをどこまでも「家族」として扱《あつか》ってくれている。

けれど、その長年に亘《わた》って、自分たちを不当に使役《しえき》していた者たちと同じ人間であるフィンリィを見て眷属たちが良い顔をしないのは考えるまでも無く分かることだった。カイは長年の積み重ねも手伝って、フィンリィを傍《そば》においてくれるつもりでいるらしい。しかし、それが本当にカイにとって良いことなのか分からない。

そして、何の疑いも無く富と平和を享受《きょうじゅ》するオルシャエルゴの者たちの先行きも気になった。

いくら「家族」として認められていないとしても、長年冷遇《れいぐう》され続けていたとしても、彼らと血が繋《つな》がっている事実は消せない。切実に、どうしようもなく、愛して欲しいと思った過去もある。カイに限って酷《ひど》いことはしないだろうという確信はあるが、それでも不安はある。

そして——未《いま》だに会うことが出来ないでいる、名付け親である叔父《おじ》についても。

「……ぅ」

考えることは山積みなのに、出来ることは数えるほども無い。その事実を認めた途端《とたん》に、体に感じていた疲労がぐんと重みを増した気がする。思わず目を閉じて小さく呻くと、ふわりと日向《ひなた》の香《かお》りが濃《こ》くなった。

「フィンリィ」

柔《やわ》らかく唇《くちびる》が落ちてくる。

額、頬《ほお》、鼻先。柔らかいそれが、最後に優《やさ》しく触《ふ》れたのは——唇だった。

——唇？

驚《おどろ》きと共に目を開けば、目の前には美しい青金色の瞳が、太陽の光を受けて悪戯《いたずら》っぽく輝《かがや》いている。穏《おだ》やかな声でカイが言う。

「目は覚めたか？」

「さ、覚めた……」

今のは何か、問いかけようとして言葉が出てこない。口にするのが恥《は》ずかしくて、言葉にならない。そんなフィンリィになんでもない顔をして、カイが朝の挨拶《あいさつ》を寄越《よこ》した。

「おはよう、フィンリィ」

名前を呼べば満足げな顔をして、カイが先に寝台《しんだい》から降りた。

相手の逞《たくま》しい裸体《らたい》が光の下に露《あら》わになる。白銀の獣姿はもう見慣れているのに、人の姿のカイにはどうにも慣れない。なんだか居たたまれなくなって、フィンリィは思わず視線を逸《そ》らした。そのまま顔を布団《ふとん》に埋《うず》めて、ぐるぐると思考する。

──果たして「家族」とは、朝の挨拶であれ唇に口づけを贈《おく》るものなのか。

十三歳まで、誰も傍に近しい人がいなかったフィンリィには判断が付かない。

学術書は散々読んで、それらの知識を頭に叩《たた》き込んでいたが、その中に「家族のありかた」なんてものは書かれていなかった。わざわざ明文化するまでも無く、誰もが身近に持っているものだからなのだろう。フィンリィがその例から漏《も》れているだけだ。

だからこそ、判断が付かない。

カイのフィンリィとの距離感《きょりかん》は、少し──近すぎるような、そんな気がするのだが。

「フィンリィ？」

起きないのか、と服を着込んだ相手が寝台をのぞき込む。考えに耽《ふけ》っていたところに突然《とつぜん》相手の顔が現れて、思わず目を見開けばそんな様子のフィンリィを見てカイが笑う。

「着替《きが》えさせてやろうか？」

冗談《じょうだん》半分、本気半分。そんな相手の声に、フィンリィは慌《あわ》てて飛び起きて言う。

「じ、自分で、着替える……ッ」

あたふたと寝台を降りるフィンリィを見つめる青金色の瞳《ひとみ》が、柔らかく細められる。

それに、どうしようもないようなむず痒《がゆ》さが胸の中に生まれた。

赤くなった顔を誤魔化《ごまか》すように慌てて服を身にまといながら、フィンリィは思う。

――「家族」とは、こういうものなのだろうか？

＊＊＊＊

「それで、返答は？」

いかにも、どうでも良いという様子を隠《かく》さない口調で訊《たず》ねられる。

謁見《えっけん》の間で、玉座との距離は遠い。それはすなわち、実の父親である国王との距離が遠いということだった。こちらに視線をちらりとも寄越さない国王に、フィンリィは冷めた目を向ける。フィンリィが知る「家族」との距離感は、これだ。

決して触れられることは無い。抱《だ》き締めて貰《もら》えることも無い。そんな遠い距離。

今はカイの説明もあって、自分が宿している陽の気を嫌《きら》っていると思えば胸の痛みも和《やわ》らぐ。ただ、それは「どうして？」の理由に解を与《あた》えただけだ。幼い頃《ころ》に感じていた寂《さび》しさも疎外《そがい》感も、何もかもが埋まるということではない。

だから、やはり、フィンリィには「家族」との距離感が分からないと思う。

玉座から視線を外して、フィンリィは話の主導権を握《にぎ》る宰相に目を向けた。橙色《だいだいいろ》の瞳を殆《ほとん》どの人が恐《おそ》れる中で、宰相だけは動じることもなくフィンリィの瞳を見返す。

相手は淡々《たんたん》と言った。

「エイヴェリィ様には、遅《おく》れていた学習を取り戻《もど》すように大学で講義を受けて貰っています。エイヴェリィ様も思うところがあったのか、大変熱心に勉学に励《はげ》んでいると聞き及《およ》んでいます。殿下《でんか》のご心配されていた振《ふ》る舞《ま》いについても、正式に王位継承《けいしょう》者になると知らされれば、次期国王としての自覚が芽生え、今後は改善されるでしょう。私も責任を持ってエイヴェリィ様に政《まつりごと》を教えていくつもりです」

──きちんと自分が手綱《たづな》を握るから安心しろ。

宰相のそんな声が聞こえてくるようだった。ちらりと視線を向ければ、玉座にいる国王は、宰相に任せれば万事《ばんじ》安心とばかりに欠伸《あくび》をしている。フィンリィは溜息を吐いた。一歩間違《まちが》えば、自分も父や弟のように、宰相に都合の良い傀儡《かいらい》とされていたのかと思うとぞっとする。ただ、分別もなく命令を下そうとするような国王の言葉が全《すべ》て通るより、宰相のように──少なからず理に則《のっと》って動く者がいてくれた方がマシだとは思うが。

しばらく沈黙《ちんもく》した後に、フィンリィは宰相に訊《き》いた。

「──叔父上とは、いつ会えますか？」

宰相が濃い灰色の瞳を細めた。

交換《こうかん》条件にされていた、名付け親であり叔父であるクインツィ・フォーンとの面会。

その面会日を訊ねたということは、フィンリィが王位継承権を放棄《ほうき》し、「クレイド」の名前を返上するということを意味している。宰相が頭を下げた。

「殿下のご英断に感謝申し上げます。――面会日は医者に相談しましょう。ただ、エイヴェリィ様の誕生日会の後になるかと。身辺が落ち着いてからの方が、殿下も心おきなく王弟殿下との面会を楽しめるでしょう」

――エイヴェリィの誕生日に、大勢の前で王位継承権の放棄と、「クレイド」の名を返上するまで、面会はお預けだ。

そんな声が聞こえて来るようで、思わずフィンリィは眉《まゆ》を寄せる。きっと、初代国王のクレイド・フォーン・オルシャエルゴも、こんな風に条件を細切れにして、聖獣《せいじゅう》の眷属《けんぞく》たちに食料などを献上《けんじょう》するように迫《せま》ったのだろうと思う。そんな遥《はる》か昔のことに思いを馳《は》せて、胸が痛む。自分は、ただ面会を先延ばしにされただけだ。それが、大切な存在の命を脅《おびや》かされながら、こんな風に交渉《こうしょう》を挑《いど》まれたら――堪《たま》らない。

「……分かりました」

素直《すなお》に了承《りょうしょう》をして踵《きびす》を返せば、フィンリィと宰相のやり取りを半分も理解していないような国王の声が「もう終わったのか？」と言うのが背中に聞こえた。

「殿下」

呼びかけられて足を止めれば、枯《か》れ木《き》のような老人が玉座を離《はな》れて、フィンリィに近付いてくる。

「何か？」

「お送りいたします」

「え?」

恭《うやうや》しく胸に手を当てて頭を下げる宰相《さいしょう》に面食《めんく》らいながら、フィンリィは素直に思ったことを言う。

「なぜ?」

フィンリィを離宮《りきゅう》まで送る、ということだろう。

そんなこと誰《だれ》にもされたことが無い。そもそも、誰かと連れ立って歩いた経験が無い。フィンリィの連れは、いつだって白銀の獣だけだった。

どういう風《ふ》の吹き回しかと思いながら宰相を困惑《こんわく》した目で見つめれば、宰相は表情の読めない灰色の瞳のまま、フィンリィの顔を見返した。

国王が声を張り上げて、気に入りの楽師を呼ぶように言いつけているのが聞こえる。王の声にわらわらと集まった人が、フィンリィの姿を見て、露骨《ろこつ》に顔を歪《ゆが》めた。わざとらしく踵を返して姿を消す者や、ひそひそと言葉を交《か》わす者など数え上げれば切りが無い。そんな謁見の間に留《とど》まっている訳にもいかず、フィンリィは仕方なく宰相を伴《ともな》って王城を出た。

相変わらずフィンリィが歩くごとに、人が去っていく。宰相の思惑が分からないまま、フィンリィは離宮への道を歩く。意外なことに宰相はフィンリィにあれこれと話を振ってきた。政や歴史についての知識や見解を問うものばかりだったが。フィンリィは困惑しながらそれらに答えて、いよいよ離宮に近付いたところで足を止めた。

離宮の中にまで宰相を招き入れるつもりはさらさら無かった。自在に姿を変えられるとはいえ、万が一カイの人の姿を宰相が見てしまう可能性が無いとも限らない。それにカイの眷属である者たちが訪ねて来ていないとも限らない。

「あの――私に何の用ですか、宰相」

相手の思惑が読めないのに若干《じゃっかん》の苛立《いらだ》ちを覚えながら問えば、宰相は濃《こ》い灰色の瞳でじっとフィンリィの顔を見つめて、やがて溜息《ためいき》を吐《つ》いた。

「殿下は大変聡明《そうめい》でいらっしゃる」

「……？」

嫌味《いやみ》だろうか。溜息混じりにそんなことを言われても、困惑するばかりだ。眉を寄せるフィンリィに、宰相は遠い目をしながら言った。

「私とて、いたずらに殿下を王位継承者の座から遠ざけようとしている訳ではありません。それは、ご理解いただけますな？」

「……何が言いたいのですか？」

宰相が何の思惑も無く、フィンリィから王位継承権を取り上げ、「クレイド」の名を返上させようとするとは思わない。それなりの理由があるのだろうが、それはフィンリィのあずかり知らぬことだ。そして実際、フィンリィからそれらを取り上げようとしている相手に、そんなことを言われてもちっとも心に響《ひび》かない。

宰相と不意に目が合った。濃い灰色の瞳。それがまるで、何かを惜《お》しむように細められる。

「殿下の瞳さえ、赤褐色《せっかっしょく》であれば」

「——は？」

フィンリィの目が赤褐色だったら、なんだと言うのだろう。宰相のらしくない行動も、言葉の真意も何一つ分からない。

困惑も露《あら》わに立ち尽《つ》くすフィンリィに、宰相が鼻で息を吐いて言う。

「年寄りの世迷《よま》い言を申しました。では——殿下、エイヴェリィ様の誕生日会には、万事よろしくお願いいたします」

それだけ言って踵を返そうとする相手に、フィンリィはハッとして声をかける。

「宰相」

呼び止められたことに、相手が怪訝《けげん》そうな顔で振り返る。

それに構わずに、フィンリィは言った。

「王位継承権を持つ者が即位《そくい》する際に与えられるのは、玉座と王冠《おうかん》以外に何かありますか？」

例えば、指輪のようなもの。それは口にせずに問えば、宰相は軽く目を眇《すが》めた。怪訝そうに宰相はフィンリィの問いに答える。

「王位継承者が即位する際に与えられる物は、王室の規定に沿ったものだけです。国王陛下が特にと希望して、生前に譲《ゆず》ると言っていた品があれば別ですが——何か特に欲しい品でも？」

フィンリィは黙《だま》って首を振った。そもそも、国王の——父の私物など、何一つ見たことが無い。適当に欲しい品を言って問題になっても面倒《めんどう》だ。ただ、代々伝わる指輪があれば——それがカイの捜《さが》している指輪なのではないかと咄嗟《とっさ》に思いついただけのことだった。

「単なる確認《かくにん》です。欲しい品などありません」

「確認？」

「知的好奇心《こうきしん》です」

深い意味はありません、と言って顔を逸《そ》らせば、考えを探《さぐ》るような視線を真正面から送られる。濃い灰色の瞳《ひとみ》に居心地《いごこち》の悪さを覚えながら、フィンリィは話題を逸らすために言う。

「宰相、本当に叔父上《おじうえ》と会わせてくれるんですね？」

その問いに宰相が僅《わず》かに沈黙した。

「――ええ、もちろん。医者の許しが出て、王弟殿下の体調がよろしい時ならば」

失礼、と言って宰相が歩き去っていく。その背中を眺《なが》めて、フィンリィは溜息を吐いた。前ならば宰相の意図を探ることに集中すれば良かったが、今はフィンリィにも宰相に隠《かく》しておきたいことが出来てしまった。肚《はら》の探り合いというのは、思ったよりもずっと疲弊《ひへい》する。そして不愉快《ふゆかい》だった。

大きく溜息を吐きながら離宮の扉《とびら》を開いて、体を中に滑《すべ》り込ませるようにして鍵《かぎ》をかける。

扉に背中を預けると、フィンリィはそのまま自分の爪先《つまさき》を見つめて沈黙する。思った以上に自分が疲《つか》れていることに気が付いて驚《おどろ》いた。息を吐き出して、そのままずるずると座り込む。

甘く優《やさ》しい言葉と態度をあんなに与えられたというのに、冷たく無関心な人の目は、やはり心を削《そ》いでいくのかと驚きと共に感心する。何より気になったのは、らしくない宰相の言動だった。あれは何が言いたかったのだろう。

フィンリィの瞳が赤褐色だったら、なんだと言うのか。

そうであれば宰相はフィンリィから何もかも取り上げなかったと、そう言うつもりだったのだろうか。しかし、結局それは——フィンリィでは駄目《だめ》だということではないか。

橙色《だいだいいろ》をして生まれてきたのがフィンリィなのだから、それを変えることは不可能だ。

気味の悪い目、と何度罵《ののし》られたことか。変えられるものならば、とっくの昔に——。

「フィンリィ」

思いの外、近くから呼びかけられて膝《ひざ》に埋《うず》めていた顔を思い切り上げる。

「カイ——」

人の姿ではなく、白銀の獣《けもの》姿のカイがそこにいた。離宮から外に出た時いつもフィンリィを迎《むか》え入れてくれた姿だ。反射的に腕《うで》を伸《の》ばして、その体に抱《だ》きつく。

柔《やわ》らかな毛並みと日向《ひなた》の香《かお》りは、いつも通りだ。

いつもそうしていたように、白銀の毛並みに顔を埋めてフィンリィは深く息を吐く。一体、何度こうして相手に助けられて来たか。数え切れない。

「国王に何か言われたか？」

以前は気遣《きづか》うように鳴くだけだった相手の声に、今は言葉が付いている。体から直接響く声は、穏《おだ》やかだ。フィンリィは毛並みに顔を埋めたまま、首を振《ふ》った。

「王妃《おうひ》に会ったのか？　それとも第二王子か？」

再び首を振る。

「――まさか、名付け親との面会の約束を反故《ほご》にされたのか？」

自分の名前は叔父から貰《もら》った名前だと、フィンリィは何度もカイに言って聞かせていた。そして、叔父と一度で良いから会ってみたいという希望も。それを何度も却下《きゃっか》され続けていることも。

心配げな声に、また首を振るとフィンリィはカイの毛並みに顔を埋めたまま言う。

「……僕の目」

「目？」

「赤褐色だったら、良かったなぁ……って」

今更《いまさら》、言い出しても仕方がないことだ。そんな自嘲《じちょう》と共に吐き出した言葉に、カイは何も言わなかった。こんなことを言われても困るだろう、と苦笑《くしょう》して顔を上げようとしたところで、相手の体が柔らかく光る。体勢を崩《くず》すのと、正面から抱き留められたのは同時だった。

「俺は橙色で良かったと思う」

真正面から顔をのぞき込まれて、フィンリィが知る限り最も美しい色を瞳に宿した男が、真顔でそんなことを言う。

「な、んで？」

鼻先が触《ふ》れ合うほどに近い。その状態のまま、短く問えばカイが言う。

「夜明けの太陽の色だから」

「え?」

きょとんとしていれば、カイが目を細めて笑う。

「世界を照らす暁《あかつき》の色だ。お前の名付け親は、素晴《すば》らしいな。お前と会ってもいないのに、一番相応《ふさわ》しい名前を付けた」

古い辞書の言葉で「光をもたらす者」という意味の名前。

「俺は名前も目の色も、そのままが好きだな」

一瞬《いっしゅん》、何を言われているのか分からなかった。しばらくして、ようやく相手の言葉を飲み込んで、意味を理解して、心臓が早鐘《はやがね》を打つ。まるで何でもないことのように平然と放たれた言葉に、優しく包まれているような錯覚《さっかく》に陥《おちい》る。頬《ほお》に勝手に熱が上がって、その顔を隠すようにフィンリィは相手の胸に顔を押しつけた。

「……カイは?」

「俺?」

「カイの、名前は?」

「俺の名前はフィンリィが付けてくれただろう」

「いや、そうじゃなくて」

フィンリィが付けた名前なんかではなく、他《ほか》にもっと立派な名前があるのではないか。そう問おうと顔を上げたところで、カイの顔は真顔だった。

「フィンリィが付けてくれた以外に、俺に名前は無いよ」

「え？」

嘘偽《うそいつわ》りの無い口調だった。しかし、カイは神から遣わされた聖獣《せいじゅう》の筈《はず》だ。そうであるのならば、立派な名前の一つや二つ神から与《あた》えられなかったのだろうか。

そんなフィンリィの疑問に先回りするようにカイが言った。

「名前というのは、他の者と区別するために付けられるものだ。この世界に聖獣は俺一人だ。他と区別する必要が無い。だから、名前は与えられなかった。眷属《けんぞく》たちは俺を『聖獣』と呼ぶし、それで不便は無かった。だから、俺にはフィンリィが付けてくれた以外の名前は無い」

「そう、なの？」

「ああ」

道理でフィンリィがカイを「名前」で呼んだ時、ユリウスが取り乱していたわけだ。

「僕やっぱり止《や》めた方が良いかな？」

「何を？」

「カイのこと、カイって呼ぶの――」

美しい瞳にちなんで名付けた安直な名前が、なんだか恥《は》ずかしく感じてくる。それに他の者たちが「聖獣」と呼ぶ相手を、気安く別の名で呼ぶ者がいるというのは、眷属たちにとって気分の良くないことだろう。

「駄目だ」

「え？」

「フィンリィが俺に似合うと思って付けた名前を、俺が受け入れたんだから、これはもう俺の名前だ。大体あれだけ名前で呼んでいたくせに今更、『聖獣』だなんて他人行儀《ぎょうぎ》な呼び方になったら泣くぞ」

「……誰《だれ》が？」

真顔で付け加えられた言葉に、ぽかんとしてフィンリィが聞き返せば、カイが笑って言う。

「俺が」

その答えに瞬《まばた》きをして、反射的にフィンリィは言う。

「嘘《うそ》だ」

カイが目を細めながら反論する。

「いや、泣く」

「カイが？」

「泣く。せっかく名前があるのに呼ばれないのは、寂《さび》しいだろう」

「――」

「泣くから、ちゃんと呼んでくれ。俺も呼ぶ」

――名前を呼ばれないのは、寂しい。

それは単純すぎることだが、間違《まちが》いようの無い事実だった。そして、そのことをフィンリィはよく知っている。思わず素直《すなお》に頷《うなず》くと、カイが微笑《ほほえ》んだ。

「約束だぞ」

そのまま極自然《ごく》に顔が近寄って、唇《くちびる》が触れ合った。

――え。

硬直《こうちょく》していると、唇を軽く吸われて、そのままカイの顔が離《はな》れていく。顔どころか首筋まで真っ赤になっているのが分かる。フィンリィが何かを言うよりも先に、フィンリィの頭を撫《な》でてカイが言う。

「今日はユリウスが来ることになっている。悪いが、またあいつのことを撫でてやってくれ。ツンケンしているが、悪い奴《やつ》では無いんだ」

「う、うん……？」

「迎えに行ってくるから、少し待っていてくれ」

「あ、うん」

どこか上の空のままフィンリィはカイの言葉に頷いた。そんなフィンリィを抱き上げてから床《ゆか》の上に立たせると、カイは当たり前のようにフィンリィのこめかみに唇を寄せて、するりと人の姿から獣の姿になってどこかへ走り去っていった。

唇を当てられたこめかみの部分が熱い気がして、フィンリィは手を当てる。

それから、唇も。

意識した途端《とたん》に、ぶわりと体中が熱くなって、フィンリィは思わず独り呟《つぶや》く。

「……ち、かく、ないかな？」

問いに答えてくれる相手はいない。日常の中に紛《まぎ》れ込ませて与えられるカイからの接触《せっしょく》は、どんどんその濃《こ》さを増しているような気がする。嫌《いや》なのかと聞かれれば、嫌ではない。

——しかし、これは「家族」として適正な距離《きょり》なのか？

宰相《さいしょう》に正気を疑われる覚悟《かくご》で、どうせなら「家族のありかた」というものを訊《たず》ねるべきだった。そんなことを考えながら、せっかく立たせて貰ったというのにフィンリィはへなへなとその場に座り込んで膝《ひざ》を抱《かか》えた。

黒い髪《かみ》から覗《のぞ》く白い肌《はだ》が、真っ赤に染まっていた。

＊＊＊＊

「指輪の在《あ》り処《か》を捜《さが》すのは急務です。明日《あした》から眷属たちを何人か送り込みます。聖獣様が囚《とら》われた後に生まれた者たちで、優秀《ゆうしゅう》な者を私が選《え》りすぐりました。ただ、陰《いん》の気にどこまで耐《た》えられるのかが不安ですが——」

案の定、気絶して運ばれてきた黒犬は、その様子を微塵《みじん》も感じさせない。フィンリィが撫でている内に徐々《じょじょ》に意識を取り戻《もど》し、気持ちよさそうに腹を見せて床の上で転がっていたのだが、カイに呼ばれて物凄《ものすご》い勢いで正気を取り戻して、人の姿になった。
・フィンリィに撫でられて回復する、という事実はユリウスにとっては、中々飲み込み難《がた》い事実であるらしい。微《かす》かにバツの悪そうな顔をしていたが、話をしている内にその顔は冷静になっていた。カイはフィンリィを背後から抱えるようにして長椅子《ながいす》に座っている。

「無理はさせるな。探《さぐ》らせるということは体の小さい者たちに頼《たの》むんだろう。陰の気も厄介《やっかい》だが――四つ足の動物が王城内で見つかると騒《さわ》ぎになる。小動物なら危害も与えられかねない」

「十分に注意はさせます」

カイの忠告に頷いてから、ユリウスが口ごもる。

「どうした？」

「――指輪の話を誰が人間たちに流したのか、探ってみました。目立って怪《あや》しい者は見当たりません。そうであるから、眷属の中に内通者がいるなどと疑ったことが無かったのですが」

そう言いながらユリウスが溜息《ためいき》を吐《つ》いた。

「ただ、一つ気になることがあります」

半信半疑という口調を隠《かく》さないまま、ユリウスが言った。

聖獣が虜囚《りょしゅう》の身となった直後、人間たちと眷属たちの間では小競《こぜ》り合いが勃発《ぼっぱつ》した。当時は陰の気に満ちて、呪術《じゅじゅつ》の力が豊富にあったクレイド・フォーン・オルシャエルゴの一族が優勢で、何人かの負傷者を出しながら眷属たちは撤退《てったい》せざるを得なかった。そして、一人だけ、当時の混乱の最中に行方《ゆくえ》不明になった者がいるらしい。

「蝙蝠《こうもり》の眷属の長《おさ》です」

ユリウスの言葉に、カイが一つの名前を呟いた。

「ハーレンか」

その言葉にユリウスが顔を歪《ゆが》めた。

「そうです。未《いま》だに行方は不明です。恐《おそ》らく死亡したものと取り扱《あつか》って来ましたが——」

そこで言葉を切る。本当に死んだものなのか怪しくなってきた、と続けたいのだろう。そんなユリウスの内心を汲《く》むように、カイが目を細めて当時の記憶《きおく》を探る顔をして言う。

「確かに、オルシャエルゴの一族と接触して、彼らをここに導いたのもハーレンだったな」

カイの呟きに、ユリウスが眉《まゆ》を寄せた。

「しかし——なぜ、ハーレンが？」

「さぁな。それが分かるなら、俺も、お前たちもこんな目に遭《あ》っていないだろう？」

考えたところでどうしようもない、と言いたげなカイの返答に、ユリウスが唇を噛《か》んだ。自分が提示した可能性を、自分が一番信じられない。そんな様子だった。

「ハーレンは、聖獣様を慕《した》っていました」

「そうだな」

あっさりと肯定《こうてい》するカイに、ユリウスがもどかしそうに言う。

「ハーレンですよ？　熱烈《ねつれつ》に聖獣様を慕っていた——というより、崇拝《すうはい》していたあの男が、なぜ？　それにハーレンが、裏切っていたのだとしたら、今は一体どこにいると？」

「さぁな」

「聖獣様！」

焦《じ》れたように声を張り上げるユリウスを宥《なだ》めるようにカイが言った。

「二百年、塔《とう》に閉じこめられていた俺が知る訳が無いだろう。それに、ハーレンが疑わしいと言ったのはお前だ、ユリウス」

「それは確かにそうですが……ッ」

「どちらにしろ、本人が不在の今は俺たちに事の真相を突《つ》き止める術《すべ》は無い。本人の死亡が確《かく》認《にん》されない限り、可能性は無限だ。眷属たちの中で疑わしい者が一人しか思い当たらなかったのは確認することが出来なかったからだろう？　仲間を疑うのは心苦しかっただろうに、よくやってくれた。後は俺が預かる。——だから、仮説に心をすり減らすのは、もうやめておけ」

カイがそう言うと、ユリウスが悔《くや》しそうに顔を歪める。しばらくの沈黙《ちんもく》の後に、ユリウスが溜息を吐いて言った。

「——よろしくお願いします」

「ああ——悪かったな」

「いいえ」

硬《かた》い声で首を振《ふ》ってから、ユリウスは大きく息を吐いて表情を改めた。

「聖獣《せいじゅう》様」

「なんだ？」

「指輪を取り戻した後、聖獣様は人間たちをどうするおつもりですか？」

切り込むような口調の強さと共に、ユリウスが視線を向けたのは、カイの腕《うで》の中にいるフィンリィだった。その視線の強さにたじろぐと共に、フィンリィにとっても懸《け》念《ねん》事《じ》項《こう》であったことだけに、フィンリィはじっとカイの言葉を待った。

聖獣として放たれるカイからの答えは明瞭《めいりょう》だった。

「第七大陸においておくことは出来ない。彼らには、どこか別の大陸へ移動して貰《もら》おう。お前たち眷属《けんぞく》にとっては不満な処置かも知れないが、仮にも俺は聖獣だ。殺生《せっしょう》は出来ない」

「追放ということですね？」

「そうなるな」

「では――腕の中の者は、どうされるのです？」

強い調子で問われて、それが自分のことだと悟《さと》って、フィンリィは沈黙する。

「どうする、とは？　フィンリィは俺の『家族』だぞ？」

「まだ本当の意味で『家族』ではないでしょう。その者は、実の家族よりも聖獣様を取るのですか？　本当に？」

「――ユリウス、何が言いたい？」

若干《じゃっかん》、温度の下がった声でカイが問えば、目に力を込めてユリウスが言う。

「我々は一度、聖獣様を人間の手によって奪《うば》われました。同じ轍《てつ》を踏《ふ》むことは避《さ》けなければなりません」

「フィンリィが俺を罠《わな》にかけると？」

「それを今、問いただすんです」

「必要ない」

「必要です」

火花が散りそうな勢いで交《か》わされる言葉の応酬《おうしゅう》が、自分を巡ってのことだということにフィンリィは思わず首を縮めた。うやむやな形であるが、フィンリィはカイに協力するつもりでいた。あまりにも先祖の行いが酷《ひど》すぎたし、それを正すことがせめてもの償《つぐな》いだと思っていたからだ。しかし、ユリウスや眷属たちにしてみれば——ぽっと現れた人間が、聖獣に協力すると言っても、そう簡単に信じることが出来ないのは当然だった。

聖獣に仕える眷属たちの寿命《じゅみょう》は長く、軽く三百年以上は生きるらしい。なので、クレイド・フォーン・オルシャエルゴ率いる人間たちの一族が上陸してから、大陸を支配するまでを体験した者たちも多い。フィンリィたちにとって記憶も無く記録も紛失《ふんしつ》した二百年前の出来事は遥《はる》かな過去だが、眷属たちにとって聖獣が囚われの身になった過去は現在と地続きで繋《つな》がっているのだ。疑われて、当然だと思う。

苛立《いらだ》ったようなカイの制止の声を無視して、ユリウスがフィンリィを見つめる。強い視線に一瞬《いっしゅん》だけ怯《ひる》んだフィンリィに、そのままユリウスが言葉を投げた。

「お前は、どうなんだ？　陽の気を宿しているのは分かる。今のところ聖獣様に害を成していないことも。ただ、これから先、家族と一族を捨てられるのか？　全《すべ》てを捨てて、聖獣様について行く覚悟《かくご》はあるのか？　聖獣様がお前に注ぐ想《おも》いと、同じだけの想いを返すことが出来るのか？」

「ユリウス」

苛立ったカイの声が耳元で響《ひび》く。それを聞きながら、今向けられた言葉をフィンリィは頭の中で反芻《はんすう》した。

家族と一族を捨てる、という言葉はぴんと来ない。

そもそも、彼らが一時でもフィンリィのものであったとは思えないからだ。最初から持っていないものは、捨てられない。フィンリィが持っているものなんて、本当にこの身一つぐらいだ。捨てるものなど何も無い。

では、覚悟とはなんだろう。異物として見られることには慣れている。眷属たちに、どれだけ「人間」だと冷たい目で見られても、カイが「家族」と呼んで傍《そば》においてくれるのならば平気だろう。人前に出ることを禁じられたって構わない。どこか隅《すみ》に住居を与《あた》えてもらい、時折思い出した時にカイが顔を出してくれれば、それで満足だ。

ただ、最後の問いにだけは十分な答えを返せなかった。

注がれる想いと、同じ想いを返すことが出来るのか、というその問いには――。

考えていると、唇《くちびる》は自然に答えを紡《つむ》ぎ出していた。

「――」

「……フィンリィ？」

「なんと言った？」

カイが心配げな声で、ユリウスが強い口調で聞き返す。

ぐらぐらと頭の中で何かが揺《ゆ》れているような気がする。それを思いながらフィンリィは、真っ直《す》ぐにユリウスを見返して言った。

「出来ない、かも、知れない」

同じものを返すことなど、出来ないかも知れない。「家族のありかた」。そんなものすら分からずに右往左往する自分では、とても相手に与えられたものと同じものを返すには——足りていない。相手の温かさ、優《やさ》しさに釣《つ》り合うものを持っているとは思えない。

何も無いから、返せない。ただ、返したいと思うが、返せる気がしない。

ただ、一方的に与えられるだけの関係に、なってしまうかも知れない。

それは確かに、良くない。反対されても仕方がない。反論する余地がない。

フィンリィの正直な言葉に、ユリウスは驚《おどろ》いたように目を見開いた。しばらく、フィンリィの言葉を理解しようとするように瞬《まばた》きをしてから、その意味を理解したのか目をつり上げる。

「お前——ッ」

フィンリィに向かってユリウスが身を乗り出して何かを言おうとするよりも先に、カイがフィンリィの唇を後ろから回した手で塞《ふさ》いだ。それから淡々《たんたん》とした声で言う。

「ユリウス、今日はもう帰れ」

「しかしッ」

「フィンリィが言っているのは——お前が思っているような意味じゃない」

「は？」

「とにかく帰れ。帰り道は気を付けろよ」

一方的に話を切り上げて、カイがフィンリィの体を抱《だ》き上げた。

「聖獣様ッ！」

呼び止めるユリウスの声に振り返ることもなく、フィンリィを抱《かか》えたままカイが向かった先は寝室《しんしつ》だった。足で器用に扉《とびら》を開けて、寝台の上に優しくフィンリィを下ろして座らせると、その前に膝《ひざ》を突《つ》いて下からフィンリィの顔をのぞき込む。

「フィンリィ」

「――」

「あの言い方だと、誤解を招くぞ。特にユリウスのように、言葉の意味を額面通りに受け取る奴《やつ》には」

諭《さと》すように言いながら、首を傾《かし》げてカイが訊《き》く。

「さっきの『出来ないかも知れない』は、どの質問への答えだ？」

「……なんで」

全ての問いへの答えで無かったと確信出来るのか。胸に浮《う》かぶ素朴《そぼく》な疑問に、青金色の瞳《ひとみ》を細めながら、どこか自慢《じまん》げにカイが笑う。

「分かるさ。七年も傍にいるんだぞ、俺のことを舐《な》めるなよ。――それで、どれだ？　家族と一族か？　覚悟の話か？　それとも、想いの話か？」

「……想いの話」

「あれはユリウスの質問も悪いな」

そう言うカイの顔には、苦笑《くしょう》が浮かんだ。カイが手を伸《の》ばして、フィンリィの頰《ほお》を慰《なぐさ》めるように撫《な》でた。

「まぁ、俺も人の姿になってお前を可愛《かわい》がれるのが嬉《うれ》しくて楽しくて——あからさまに大事にしすぎていたせいもある。俺があんまりお前を手放しで可愛がるから、俺が一方的に気持ちを寄せているのではないかと、ユリウスの奴も心配になったんだろう。悪気は無いから許してやってくれ」

そんなことを言うカイの瞳を見つめながら、フィンリィは途方《とほう》に暮れて言った。

「——カイ」

「ん？」

「返せ、ないよ？」

「なにを？」

「貰《もら》っても、返せないよ」

どうしよう、と途方に暮れたようにフィンリィが言うと、カイがくしゃりと相好を崩した。

「まったく、お前はなぁ」

そう言いながら、フィンリィを見上げる青金色の瞳は、どこまでも優しかった。

「全く同じ想いなんて、この世にある訳が無いだろう。そんなことは気にしなくて良い」

「でも」

「それに、もう俺は十分に貰っている」

「なにを？」

「色々」

「……あげてない」

「俺が勝手に貰っただけだ。それに俺が勝手に返したいと思っているだけだから問題ない」

「それは良くないと思う」

「フィンリィは真面目《まじめ》だな。そういうところはユリウスとよく気が合うかもな」

「それに――」

フィンリィの拙《つたな》い主張に、カイは敢《あ》えて呑気《のんき》な態度を崩《くず》さない。気遣《きづか》いをひしひしと感じながら、ここ最近、頻繁《ひんぱん》に頭に浮かんでいた事柄《ことがら》を伝える。

「カイの思う『家族』が、よく、分からない」

この七年間。散々、相手をその言葉で縛《しば》り付けておいて何を今更《いまさら》と思われるのは承知で、フィンリィはその言葉を口にした。そもそも、普通《ふつう》の「家族のありかた」すら知らないのだ。それなのに「家族」「家族」と口にしていたのは、せめてそう呼ぶ相手が欲しかったからだ。知らなかったから、いなかったから。だから、欲しいと憧《あこが》れた。

具体的なありかたになんて思いを馳《は》せたことも無い。

一々、距離《きより》の一つに戸惑《とまど》っているような有様で、果たしてカイが呼ぶ「家族」と名乗る資格があるのかどうか。

そんなことを訥々《とつとつ》と語れば、少しだけ困ったような顔をしてカイが言う。

「資格も何も、フィンリィが『家族』だと俺を認めて、俺がフィンリィを『家族』だと言っているんだから、それで良いだろう」

「よくないよ」

カイがただの獣《けもの》であるならば、それこそそれでも良いのだろう。ただ、カイは紛《まぎ》れもなく聖《せい》獣《じゅう》だった。大勢の眷属《けんぞく》たちにとっての特別なのだ。その聖獣が「家族」と呼ぶ相手が、こんな覚束《おぼつか》ない有様では――ユリウスのように不満を抱《いだ》く者は今後、増えていく一方だろう。それはカイの統治に関《かか》わる問題になりかねない。そんなことはフィンリィの本意では無い。

でも、どれだけ考えたって「家族」というものの正しいありかたが分からないのだ、フィンリィには。日常の合間。自分が決して持ち得ないそれを盗《ぬす》み見るようにして覚えた、ちぐはぐな家族像しか持っていない。どうするのが正しいのか。どのように振《ふ》る舞《ま》えば良いのか。そんなことも分からなくなって、息が止まってしまいそうになる。

「――困った奴だ」

暗い顔で黙《だま》り込んでしまったフィンリィを見ながら、カイの声は柔《やわ》らかだった。

フィンリィがそれに口を開くよりも先に、カイが極《ご》自然な動作でフィンリィを寝台の上に押し倒《たお》す。突然《とつぜん》、視界が天井《てんじょう》に切り替《か》わって驚いていると、カイがフィンリィの上に覆《おお》い被《かぶ》さってくる。その動きが、獣姿の時のカイと重なって見えた。

瞬きをしながら、フィンリィは思わず相手の名前を呼ぶ。

「カイ――？」

青金色の瞳が、その呼びかけに緩《ゆる》やかに細められた。

「本当は、もっとゆっくり時間をかけようと思っていたんだ。大事なことだからな。色々と片付けてからだと、そう思っていたんだ。だが、お前に余計な時間をやると妙《みょう》な言い分と共に逃《に》げられそうだ。――だから、悪いが手加減はやめることにする」

「手、加減？」

何を加減されていたのだろうと疑問に思って口に出した言葉に答えず、カイは青金色の瞳をフィンリィに向ける。星空のような瞳は相変わらず美しいが、どことなく不穏《ふおん》な光を帯びていた。暴力的な気配はしない。危害を加えられるとは思わない。けれど、何かぞくりと肌《はだ》が粟立《あわだ》つ。カイが静かな声で言った。

「さっき、ユリウスが言ったことを覚えているか？」

「どれ……？」

「まだ本当の意味で『家族』ではないでしょう」

確かに、そんなことを言っていた。しかし、それはフィンリィの性根《しょうね》の据《す》わらない態度を見ての言葉だったのではないか。

そんな顔をするフィンリィに、カイは唇《くちびる》だけで微笑《ほほえ》んで言う。

「俺を遣わした神が、俺に名前を与《あた》えなかった話はしたな？」

それはユリウスがやってくる前に聞いていた。頷《うなず》くフィンリィに、カイは言葉を続けた。

「俺を遣わしたのは愛の神だ。その名の通り、愛に溢《あふ》れている。その神が仮にも己《おのれ》の子に名をやらないのは妙だと思わないか？」

そう言われてフィンリィは瞬きをする。確かに、虐《しいた》げられた動物たちに新天地と守護をする聖獣まで与えた神にしては、随分《ずいぶん》と聖獣に対して扱《あつか》いが酷《ひど》いと頭の端《はし》で感じていた。

「必要が無いと神が俺を放《ほう》り出した訳じゃない。他《ほか》から選《よ》り分けて呼んで貰いたいという相手が出来るまで、名前は空けておけと言われたんだ」

「――え？」

わざわざ、そんな気遣いで空白にしていた名前を、フィンリィは何も知らずに勝手に埋《う》めてしまった。動揺《どうよう》と共に、取り返しの付かないことをしてしまったのではないかという焦《あせ》りが一気に胸に渦巻《うずま》く。そんなフィンリィを見つめたままカイは言った。

「俺は、この世界にたった一人の聖獣だ。そして、聖獣は死なない。この大陸がある限り、眷属と共に、この土地に生きる者たちを守る義務がある。――そんな任を負う俺に、神は第七大陸の統治者としてではなく、俺が俺のために使える力を一つだけ与えてくれた」

「力？」

話の結末がまるで予想出来ない。

そんなフィンリィに微笑んで、カイが告げる。

「俺が特別な名前で呼んで欲しいと思える相手が出来て、その相手と体を重ねたら、その相手は俺と同じように不死になる。力を使えるのは一度だけ、一人にだけだが」

「不死……」

驚きながら目を見開く。しかし、愛の神が与えるには相応しい力だと思う。永遠を一人で生きろ、というのではなく、ずっと添《そ》い遂《と》げたいと思う相手が出来ればその力を使って「家族」を作れ、と。そういう神からの心遣いなのだろう。

そんなことを考えながら納得《なっとく》していると、カイが小さく笑いながらフィンリィの頰に手を当てて、親指で唇をなぞる。

「フィンリィ。分かってないだろう？」

「え？」

きょとんとして、フィンリィは青金色の瞳《ひとみ》を見返す。聖獣に特殊《とくしゅ》な能力があるのはきちんと理解出来た筈《はず》だ。首を傾《かし》げるフィンリィに笑いながら、カイがフィンリィの唇をなぞっていた親指を、フィンリィの顎《あご》に添える。

「フィンリィ、俺の名前はなんだ？」

「カイ」

「それは誰《だれ》が付けた？」

「え――」

それは紛れもなく自分である。カイ自身が気に入って受け入れたのだから、もう自分の名前だと、そう語っていたのは先ほどのことだ。ぱちぱちと瞬《まばた》きをするフィンリィに、カイはゆったりとした口調で言う。

「愛の神は、どうして俺に名前を付けなかったんだ？」

「特別な人に、名前を付けて貰えるように？」

「そうだな」

「――？」

導かれた答えに、頭の中でぐるぐると思考が渦巻く。

混乱しきった調子で、フィンリィは呟《つぶや》いた。

「カイの名前は、僕が付けて――？」

「うん」

「え――？」

呆気《あっけ》に取られて言葉どころか思考も止めるフィンリィの様子に、カイは笑う。そのまま再びフィンリィの唇に親指を這《は》わせて、優《やさ》しくなぞりながら言う。

「お前が思い浮《う》かべるのも、欲しい『家族』も、本当は血の繫《つな》がった『家族』なんだろうな。父親にも母親にも弟にも、俺はなってやれない。なるつもりも無い。ただ、別の形の『家族』にならなれる。そもそも、お前の父親も母親も元々は他人だろう？　他の人間たちも、眷属たちも。経緯《けいい》はどうあれ、他人同士が肌を重ねて子を作って、そうして『家族』になっていくのだろう。子が出来なくても、『家族』でいる者たちだって大勢いる。――そして俺は、生涯《しょうがい》に一度きり一人だけの相手を自分の意思で選ぶことが出来る」

流れるようにカイの唇から放たれる言葉に、頭が回らない。ただ、なんだか心臓の鼓動《こどう》が速くなっていく。

「フィンリィ」

今まで聞いた中で一等、柔らかく優しい声が名前を呼んだ。

「俺はお前と『家族』になりたい」

その声だけがやけに大きく頭に響《ひび》いた。

『『家族のありかた』なんて、そんなものはどうでも良い。そもそも、厳密に言えば俺だって『家族』なんて知らない。だから、俺とお前が『家族』だと互《たが》いに納得しあえればそれで良いだろう？　誰に何を言われても関係無い。違《ちが》うか？』

「カ、イ――」

「フィンリィ」


愛している。


言葉は知っているけれど、自分には向けられたことの無い――向けられることなど無いと思っていた言葉を囁《ささや》かれる。

「俺と一緒《いっしょ》に生きてくれ」

そう告げる青金色の瞳は、初めて見た日と同じで――とても美しかった。

第四章

愛している。

微睡《まどろ》みの中、そんな囁きと共に、唇を落とされ愛《いと》おしむように抱《だ》き締《し》められて——目を覚ませば、優しい青金色の瞳と目が合う。その瞳を見る度《たび》に、頭を過《よ》ぎる言葉があった。

どうして、僕なのか。

返せる言葉も何も持っていない、自分で良いのかと。そんな言葉が——。

「みゃっ⁉」

腕《うで》の中から上がるそんな声に、フィンリィは我《われ》に返った。

慌《あわ》てて腕の力を緩《ゆる》めて見下ろせば、灰色の猫《ねこ》が抗議《こうぎ》するように尻尾《しっぽ》を揺《ゆ》らしている。若緑色の目がじとりとフィンリィを見つめるのに、すっかり恐縮《きょうしゅく》してフィンリィは謝罪の言葉を口にする。

「ごめん、考え事をしていて……」

ごめんね、と繰《く》り返しながら顎の下をくすぐるように撫《な》でてやると、灰色の猫がぐるぐると喉《のど》を鳴らして、機嫌《きげん》を直した顔でフィンリィの腕の中に再び体を丸めるようにして収まった。

ユリウスの宣言通り、指輪を捜《さが》すために眷属《けんぞく》たちが結界の穴から潜《もぐ》り込んで、王城内を探索《たんさく》するようになった。

ただ、陰《いん》の気とやらが濃《こ》いらしく、結界の中に入った途端《とたん》に彼らはその気にやられて一度はも必ず気絶する。その介抱《かいほう》と、王城内を歩き回っている内に、再び陰の気にやられてふらふらになった眷属たちを回復させてやるのが最近のフィンリィの専《もっぱ》らの仕事だった。仕事、といってもフィンリィにしてみれば、ただ動物を胸に抱いているだけなので、これと言って大変なことは何も無いのだが。


腕の中の灰色の猫は、いつかカイがくわえて連れてきたことがある猫の眷属だ。先ほど疲労《ひろう》困憊《こんぱい》して離宮《りきゅう》に姿を現した時よりも、だいぶ回復しているらしい。のんびりと目を閉じながらフィンリィに撫でられている体は、安心しきったように弛緩《しかん》している。

「あんまり、無理しないでね」

「にゃあん」

間延びした声が応《こた》えて、もっと撫でろと言わんばかりに体を擦《す》り寄せてくる。そんな様子に微《かす》かに笑いながら、フィンリィは小さな体を丁寧《ていねい》に撫でた。

人間と通じていた者が誰か確証が得られない中で、犬の眷属の長《おさ》たるユリウスが送り込んできたのは、聖獣《せいじゅう》であるカイが囚《とら》われの身になった後に生まれた若い世代ばかりだそうだ。人間に対しての偏見《へんけん》がそれほど無いのか、聖獣の横に並ぶのがフィンリィという事実が気にかからないのか。とりあえず、ユリウスに比べると、フィンリィに対しての態度は柔和《にゅうわ》だ。特にこの猫の眷属は、それほど疲弊《ひへい》せずとも暇《ひま》があればフィンリィの膝《ひざ》に乗り上がってきて「撫でてくれ」と言わんばかりに鳴いてみせる。丁寧に毛を梳《す》くように撫でてやりながら、フィンリィは小さく息を吐《は》いた。今、カイは傍《そば》にいない。顔を出したユリウスと連れ立って、幼獣姿でどこかへと出掛《でか》けていた。

先日、ユリウスがフィンリィに強く質問をしてから、カイはなるべくフィンリィとユリウスが顔を合わせないように取り計らっている気がする。

ユリウスもカイに何か言われているらしく、フィンリィに強い言葉を発するようなことは無くなった。ただ時折、物言いたげな眼差《まなざ》しで見つめられることがある。

フィンリィは思わず溜息《ためいき》を吐いた。

——甘やかされているな、と思う。

つくづく、カイは自分に甘くて、優しい。そして過保護だ。

口説き落とすと決めた日から、連日連夜カイは愛の言葉を囁き続けている。特に朝は、寝《ね》ぼけていることも相まって、ついついフィンリィはされるがままに流される。

嫌《いや》なのか、と言われれば嫌では無い。けれど、だからと言って流されてしまっては良くないだろうという思いがフィンリィにはある。

——どうして、自分なのだろうか。

いくら閉じこめられていた塔《とう》から連れ出したとはいえ、たかが人間の子に神から遣わされた聖獣が、ただの獣として飼われるのは屈辱《くつじょく》的だっただろうに。そんなことは微塵《みじん》も感じさせずに、ただ傍に寄り添《そ》ってくれていた。

そして今——本当に一人になろうとしているフィンリィに、本当の「家族」という居場所を与《あた》えようとしてくれている。

確かに「陽の気」というものを宿した少し特殊な体質らしいが、それ以外は何も出来ないただの人間だ。第一王子や王位継承《けいしょう》者という肩書《かたが》きも、もうすぐ失われてしまう。本当に、何も無いのだ。そんな自分にカイに注がれる愛情に値《あたい》する価値があるのかと言われれば——そんなものは無い、としか言いようがない。

「……どうすれば良いのかな」

そんなことをぼんやりと呟くと、腕の中の猫が不思議そうに顔を上げて、小さく鳴いた。

「ごめんね、独り言」

そう言いながら首のあたりを擽《くすぐ》れば、灰色の猫が気持ちよさそうに喉を鳴らす。

——あの青金色に、なんて答えを返せば良いのだろう。

そんなことをぼんやりと考えてフィンリィが小さく溜息を吐いたのと、「きぃ……」という鳴き声が聞こえたのは同時だった。腕の中の猫がのそりと顔を上げる。

居間によろよろと入り込んできたのは、茶色の毛をした小さな野鼠《のねずみ》だった。こちらも以前、フィンリィが介抱したことのある鼠の眷属だ。王城内の探索は、今フィンリィの腕の中にいる灰色の猫と、目の前で倒《たお》れそうになっている茶色の野鼠に託《たく》されていた。

野鼠は明らかに疲労困憊の態《てい》で、今にも気絶しそうになっている。フィンリィが目を見開くと、抱《かか》えていた猫がするりと腕から抜《ぬ》け出した。そのまま、とてとてと野鼠に近寄っていって、遂《つい》に床《ゆか》に倒れた野鼠を口にくわえた。

フィンリィのところへ駆《か》け戻《もど》って来た猫が、長椅子《ながいす》の上に乗り上げる。そんな猫に両手を差し出せば、灰色の猫は野鼠の体をフィンリィに落として寄越《よこ》す。

「――大丈夫《だいじょうぶ》？」

そっと呼びかけたところで、反応は無い。

すっかり気絶しているらしい。体が硬直《こうちょく》しきっていて、尻尾がひくひくと震《ふる》えている。手の中にすっぽりと収まる小さな体に、フィンリィは慎重《しんちょう》に指先を当てた。

灰色の猫はしばらくフィンリィの手の中の野鼠を眺《なが》めていたが、やがて欠伸《あくび》をしてからフィンリィの体にぴったりと寄り添うようにして体を丸めた。

しばらく一心不乱に掌《てのひら》の小さな体を労《いたわ》るように撫でていると、目を閉じていた野鼠の瞳《ひとみ》がぱちっと開いた。円《つぶ》らな黒い瞳がフィンリィを認めて、驚《おどろ》いたように掌の上で飛び上がる。

「大丈夫？」

問いかければ、こくこくと無言で頷《うなず》きながら、せわしなく周囲を見回した野鼠が自分の居場所を理解したらしく、小さく鳴いた。

「きゅ……」

「良かった。あんまり無理しないでね」

気絶した己《おのれ》を恥《は》じているように縮こまる野鼠の頭を指の腹で撫でてやると、気持ちよさそうに「きぃ」と鳴いて掌の上でころんと転がる。

それに思わず小さく笑ったところで、声がした。


「なぁん」


聞き慣れた声。

それに視線を向ければ、そこには背中に気絶した黒犬を背負った白銀の獣《けもの》がいた。気のせいか、白銀の獣も疲《つか》れているように足取りに覇気《はき》が無い。

「カイ？　大丈夫？」

聖獣の登場に、フィンリィに身を寄せて丸くなっていた灰色の猫も、掌の上で転がっていた野鼠も、素早《すばや》く起き上がって壁際《かべぎわ》に飛んでいく。そのままぴたりと壁に身を寄せて、緊張《きんちょう》したように身を寄せ合う二匹《ひき》を視界の端《はし》に入れながら、フィンリィは気絶した黒犬をカイの背中から抱き上げた。

気絶しているというのに、黒犬は何か分厚い紙の束を律儀《りちぎ》に口にくわえている。

息苦しくないのだろうか。

思いながら紙を引っ張ってみるが、歯が食い込んでいるのか口から離《はな》れそうにない。諦《あきら》めたところで、溜息混じりの声が聞こえた。

「──疲れた」

発光と共に人の姿を取ったカイは、そのまま黒犬を抱《だ》いたフィンリィごと抱き込むようにして長椅子に陣取《じんど》った。まるで最初に運び込まれてきた時のように、犬の眷属の長たるユリウスは完全に気絶していた。珍《めずら》しいことだ。ユリウスはフィンリィに撫《な》でられるのをあまり快く思っていないようで、結界の隙間《すきま》から潜り込んで来た時以外は決して撫でさせようとしない。

背中からフィンリィを抱き締めるカイの体から、どことなく埃《ほこり》っぽい臭《にお》いがする。四肢《しし》を硬直させたように気絶している黒犬の体も、埃のせいか白っぽくなっていた。

ユリウスの体を撫でてやりながらフィンリィは疑問を口にする。

「どこに行っていたの？」

「俺が閉じこめられていた塔《とう》だ。隠《かく》し部屋になっている書庫に、指輪の行方《ゆくえ》に関する手がかりがあるかと思って、ここ最近はずっと探索《たんさく》にあたっていた。あそこは呪具《じゅぐ》の効果が、未《ま》だ残っていて陰の気が強いからな。ユリウスが気絶したから──今日は慌《あわ》てた」

「一緒《いっしょ》に行こうか？」

クレイド・フォーン・オルシャエルゴの手記を取りに、何度も足を運んだが、フィンリィの体は特になんとも無かった。それにそんな場所なら、尚更《なおさら》フィンリィが側《そば》にいた方が良かっただろうに。素直《すなお》なフィンリィの感想に、カイが答えた。

「いや、用事はもう済んだ。だから、行く必要は無い」

「え？」

つまり手がかりがあったということか、と訊《き》こうとしたところで、ぴくりと膝の上の黒犬が動いた。

「くぅん――」

小さな鳴き声と共に、黒犬が頑《かたく》なに口にくわえていた分厚い紙の束が、ばさりと床に落ちた。床に広がったそれは、何かの図面のようだった。よく見ようとしたところで、寝返《ねがえ》りを打った黒犬が腹を見せて、ぶんぶんと尻尾《しっぽ》を振《ふ》るのに、請《こ》われるがままに腹を撫でてやる。

「くぅん……」

気持ちの良さそうな声で鳴く黒犬に、カイが呆《あき》れたような調子で声をかける。

「ユリウス？」

呼びかけた途端《とたん》に、うっとりと閉じられていた黒犬の瞳が開かれる。そのままフィンリィの膝《ひざ》から転げ落ちると、発光と共に黒犬が青年の姿を取る。バツの悪そうな顔で咳払《せきばら》いをしながら、ユリウスが床の上に転がった紙の束を拾い上げて言う。

「……お見苦しいところを見せました」

心なしかユリウスの顔が赤い。フィンリィが何か返事をするよりも先に、カイが壁際に下がっていた灰色の猫《ねこ》と野鼠に視線を向けて言った。

「王城内で何か変わったことは？」

その言葉に、二つの発光が起こった。

灰色の猫が、長い青みがかった灰色の髪《かみ》と、若緑色の瞳をした女に変わる。野鼠が、茶色の短髪《たんぱつ》の少年に姿を変えた。そのまま二人は目を合わせた。

口を開いたのは、鼠の眷属《けんぞく》である少年の方だった。

「……あの、王城の中にも特別に陰《いん》の気の強い場所があって」

なんとか部屋に入り込もうと試みたものの、あまりに強い陰の気にあてられて潜入《せんにゅう》するよりも先に疲労困憊《ひろうこんぱい》して、体を引きずるようにして帰って来たのが先ほどのことだと言う。

それを聞いて眉《まゆ》を顰《ひそ》めたのはユリウスだった。

「どこの部屋だ？」

「国王が日中を殆《ほとん》ど過ごす部屋です」

その言葉にカイが呟《つぶや》く。

「謁見《えっけん》の間か？」

鼠の眷属である少年が、何度も頷きながら言う。

「王族たちの私邸《していい》には、比較的《ひかくてき》簡単に入り込めたのですが——あそこだけは、他《ほか》と明らかに気が違《ちが》います」

フィンリィは少しだけ困惑《こんわく》した。謁見の間には度々《たびたび》、足を運んでいる。しかし、特別に何かを感じたことは無い。思いながらちらりと背後のカイに視線を向けると、カイはユリウスと目を合わせて頷いている。

なんだろうと思っていると、カイが視線をフィンリィに向けて言う。

「隠し部屋から図面が出てきた」

「なんの？」

「玉座の図面だ」

「……？」

それがどうかしたのかと首を傾《かし》げれば、カイが言った。

「恐《おそ》らく、指輪は玉座に埋《う》め込まれている。玉座は、ただの椅子《いす》じゃない。呪具だ。王が座ることで陰の気を補充《ほじゅう》して、結界の要《かなめ》の役割を果たしている。結界に綻《ほころ》びが生じているのは、恐らく今の王の陰の気がそれほど強くないからだろう」

「玉座――」

王だけが座ることを許された、特別な椅子。

実際、公務の大半を王はその椅子に座ってこなすことが義務付けられている。大がかりな余興や娯楽《ごらく》も、玉座から殆ど動くことの出来ない王の無聊《ぶりょう》を慰《なぐさ》めるために発展したものだと考えれば、色々と納得《なっとく》が出来る。

カイの言葉に、声を上げたのは猫の眷属だった。どことなくおっとりとした口調で問う。

「では、どうやって指輪を取り戻《もど》しますか？　あそこは警備が厳重そうですし、人間たちの目を盗《ぬす》んで事を行うのは――非常に難しいかと」

その通りだった。謁見の間は、日中は王の公務のために大勢の人が出入りし、夜は広間自体が厳重に施錠《せじょう》され、見張りの兵が多く立つ。忍《しの》び込むことは容易ではない。そもそも、陰の気が強いというのなら眷属たちに近寄らせるのは酷《こく》だろう。

カイが鷹揚《おうよう》に答えた。

「方法は俺の方で考える。元々、指輪を盗《と》られたのは俺の責任だ。お前たちの体には毒だから、無理して近付かなくて良い」

そんなカイの声を聞きながら、ぼんやりと考えていると、不意にフィンリィの頭にある考えが過《よ》ぎった。

「――エイヴェリィの誕生日」

ぽつり、とこぼした言葉に、部屋の中に沈黙《ちんもく》が広がる。フィンリィは体を捻《ひね》るようにして、カイの顔を見上げた。

「エイヴェリィの誕生日なら、僕が謁見の間に行ける」

国の主要な催《もよお》し物は、あの広間で行われる。今回は第二王子の成人と、次期王位継承《けいしょう》者への就任ということで、さぞ盛大《せいだい》なものになるだろう。

フィンリィが「クレイド」の名前を返上し、王位継承権を放棄《ほうき》する旨《むね》を宣誓《せんせい》させられる日。その日ならば、多少の我が儘《まま》は許される。

というか、フィンリィがいなければ王位継承者の交代劇が成り立たない。予《あらかじ》め許可を取ろうとすれば突《つ》っぱねられる未来は目に見えている。何も言わず、当たり前のように横にカイを連れて行けば、さすがに周囲も――宰相《さいしょう》も四つ足の獣であろうと無下には出来ないだろう。

「カイなら平気でしょう？　僕の『連れ』として、一緒に謁見の間に入れば良いと思う。それなら、玉座に近付ける」

指輪を取り戻すことで、どんな効果が得られるのか。呪具というものに、どのような効果があるのか。フィンリィにはよく分からないが、とにかく誰《だれ》かが謁見の間に入り込まなければならないというのなら、その機会を利用しない手は無いだろう。

そんなフィンリィの言葉を聞いて、カイが複雑そうに眉を顰める。

「フィンリィ」

「なに？」

「気持ちは有り難《がた》いが――それは、お前にとって酷だろう」

「酷？」

きょとんと瞬《まばた》きをするフィンリィに、カイが難しい顔のまま言った。

「正当な指輪の持ち主は俺だ。恐らく、玉座にたどり着きさえすれば統治権は俺に戻る。それと同時に結界も壊《こわ》れるだろうが――その先はどうする？」

「どうする、って――」

先日も話していたように、人間たちは追放されるしか無いだろう。最初の支配の仕方が間違《まちが》っていたのだ。それを忘れて安楽な日々に浸《ひた》っていたのだから、仕方がないと思う。途中《とちゅう》でその記録が途切れたのも、王位を巡《めぐ》っての争いからだ。自業自得《じごうじとく》、としか言いようがない。

「結界が解ければ、眷属たちは王城に押し寄せてくる。人間たちは住処《すみか》を追われる。もちろん、俺は殺生《せっしょう》をさせるつもりは無い。身の安全は保証するし、過去に何があったのかも話して聞かせよう。その上で、別の大陸へ移動して貰《もら》う。ただ——お前の家族は、お前と違って、道理が通じるような者たちじゃないだろう」

「——」

それは確かにそうだった。先祖の無法が自分たちの今の生活と繋《つな》がっていて、誰かの犠牲《ぎせい》によって自分たちが贅沢《ぜいたく》な生活を送れているなんて、露《つゆ》ほども考えないだろう。それどころか、今の生活を取り上げられるという事実のみに激昂《げきこう》して怒《いか》り狂《くる》うのが目に見えていた。己《おのれ》の家族に対して言うのもなんだが、そういう傲慢《ごうまん》さを持っている。

「でも——」

「お前の傍《そば》に控《ひか》えていた俺が、彼らのいうところの『魔獣《まじゅう》』だと分かったら何を言われるか分からないぞ。お前は、もうこれ以上なく負の感情を向けられているだろう。謂《い》われのない恨《うら》みまで買う必要は無い」

「いや、でも——」

エイヴェリィの誕生日という機会を逃《のが》せば、謁見の間にフィンリィが入り込む大義名分が無くなってしまう。普段《ふだん》の警備が厳重なことは、カイも承知の筈《はず》だ。そして、いくら獣《けもの》姿を取ろうとも、カイほどの大きさの四つ足の生き物が王城に足を踏《ふ》み入れるのは困難だろう。

納得しない顔のフィンリィに、カイが畳《たた》みかけて言う。

「名付け親との面会があるんだろう?」

「――」

「俺が統治権を取り戻せば、そんな暇《ひま》は無くなる。あれほど会いたがっていた叔父《おじ》と、下手《へた》をすれば会えないままになるぞ。それでも良いのか？」

「それは――」

確実にエイヴェリィに、「クレイド」の名前と王位継承権を譲《ゆず》るために出された条件。

会ったことも無い名付け親。

父の双子《ふたご》の弟。

カイの言葉に、ぐらりと心が揺《ゆ》れる。

けれど、とも思う。そんなフィンリィの私情で、せっかくの機会を無駄《むだ》にしてしまうのはあまりにも勿体《もったい》ない。言葉に詰《つ》まるフィンリィを、カイが青金色の瞳《ひとみ》でじっと見つめる。

重苦しく落ちた沈黙に、おずおずと声を上げたのは、鼠《ねずみ》の眷属《けんぞく》である少年だった。

「あの――」

「なんだ？」

少年の声に答えたのはユリウスだった。ぶっきらぼうな問いに、ぴゃっと少年が飛び上がる。

隣《となり》に立っていた猫《ねこ》の眷属である女性が、少年の肩《かた》を宥《なだ》めるように叩《たた》きながら、少しだけ眉《まゆ》を下げて言う。

「お話に上がっている『叔父』というのは――王弟のことでしょうか？」

問いかけに、カイが顔を上げる。

「そうだが、それがどうかしたか？」

その問いに、猫と鼠の眷属である二人は顔を見合わせた。そのまま二人が交互《こうご》にぽつぽつと言葉を紡《つむ》ぐ。

「レンデル・テリノンという老人が宰相で間違いないですね？」

「私たちは最初、宰相の執務《しつむ》室に潜入《せんにゅう》したんです」

「宰相は人払《ひとばら》いをして医者らしき中年の男と言葉を交《か》わしていました」

「その医者らしき男が言うには『王弟殿下《でんか》はもう長くない』と――」


「え？」


信じられない言葉に、耳を疑って思わずフィンリィは声を上げる。

カイがまとう雰囲気《ふんいき》を硬《かた》くして、眷属たちに言葉の先を促《うなが》した。

二人は相変わらず顔を見合わせながら、交互に言葉を紡いでいく。

「持って十日だろうと」

「確かに、そう言っていました」

「国王の耳には入れておく、と言って執務室を出た宰相の後を追って、僕は謁見《えっけん》の間にたどり着いたんです。ただ、そこから先へはどうやっても入り込めなくて、国王と宰相の間でどのような会話がされたのかは不明です――」

「私は医者らしき男の後を追いました。その男が医者なのは間違いないようです。その医者は、文官たちとしばらく話をしていましたが――たとえ王弟が亡《な》くなったとしても、慶事《けいじ》に差し障《さわ》りがあるから、王弟の死はしばらく公表しない、と」

「は――……？」

二人が何を言っているのか分からない。いや、理解はしているのだが、頭の中に入ってこない。フィンリィと叔父の面会は、エイヴェリィの誕生日が終わった後に、その場を設けると宰相は約束した筈だ。娯楽以外万事《ばんじ》に無関心な父親と違《ちが》い、宰相が叔父の容態を知らない訳が無い。エイヴェリィの誕生日まで、後一月ある。

エイヴェリィの誕生日に差し障りがあるから、たとえ亡くなってもその事実は公表されない？

――なんだ、それは。

仮にも王弟である人に対して、して良い仕打ちでは無い。いくら病弱とはいえ、間違いなく先代国王の――祖父の血を引く人である。国王であるフィンリィの父親にしたって、時を同じくして生まれた双子の弟が死にかけているというのなら、もう少しそちらに心を砕《くだ》いたって――。フィンリィはふと、宰相の濃《こ》い灰色の瞳を思い出す。

――会わせるつもりなど、最初から無かった訳か。

名付け親との面会は、ただフィンリィに自発的に「クレイド」の名を返上させ、王位継承権を放棄させるための餌《えさ》だったのか。

「は……」

溜息《ためいき》と共に乾《かわ》いた笑いがこぼれた。微《かす》かに手が震《ふる》えている。

ずっと幼い頃《ころ》のことを思い出す。信じれば、裏切られる。期待したところで無駄だ。そんなことは分かっていた筈なのに、どうして自分はこんなに——愚《おろ》かにも信じてしまうのだろう。

自分の甘さに嫌気《いやけ》が差す。顔色を失《な》くしたフィンリィの体を強く抱《だ》き込みながら、カイが猫と鼠の眷属に目を向けて言う。

「王弟の部屋について探《さぐ》ることは出来るか？」

二人は顔を見合わせて、すぐに返事をした。

「出来ます」

「可能です」

「悪いが調べてくれ。可能なら王弟の体調も」

分かりました、と声を揃《そろ》えて灰色の猫と、茶色の野鼠に姿を変えた二人が居間から駆《か》け出していく。

「カイ——」

いいから、という言葉よりも先に、咎《とが》めるようなユリウスの言葉が響《ひび》いた。

「聖獣様！」

「ユリウス、お前は戻《もど》れ。その玉座の図面について、詳《くわ》しく確認《かくにん》してくれ。分かったな？」

矢継《やつ》ぎ早な言葉は、有無《うむ》を言わせないものだった。

しばらくの沈黙《ちんもく》の後に、ユリウスが頷《うなず》いて言った。

「――っ、分かりました。けれど、聖獣様が王城に忍《しの》び込むというのなら、私もそれに付いて行きますので！　くれぐれも、性急な行動はお控え下さい！」

そう言って黒犬に姿を変えたユリウスは、図面をくわえて居間から出て行く。その様子をぼんやりと見ていると、思い切り引き寄せられた。

「……っ、カイ？」

真正面から抱き締《し》められる。その腕《うで》の力は強くて、息苦しいほどだ。微かに相手の腕が震えているのに気付いて名前を呼べば、少しだけ体を離《はな》される。見上げたカイの青金色の瞳は、これ以上ないほどの怒《いか》りを湛《たた》えていた。

「カイ――どうして」

そんなに怒《おこ》っているのか。

最後までフィンリィが言い切るよりも先に、顔を歪《ゆが》めてカイが言った。

「お前が、どれだけ――ッ」

そこでフィンリィは驚《おどろ》きに目を見開いた。

カイが怒っているのは、他《ほか》ならぬフィンリィのため――らしい。

「カイ――」

「お前が、どれだけ、会いたがっていたと思ってるんだ!!」

空気を震わせるような声で、カイが声を荒《あら》らげて言った。怒りをかみ殺すような顔をしたカイが、問答無用にフィンリィを抱き締めて腕の中に閉じこめる。

「カイ──僕は、別に、いい、から」

今までだって、自分の願いが叶《かな》うことなど無かった。散々、痛い目にあっておきながら今更《いまさら》、期待した自分が悪いのだ。

そんな言葉を紡ぐよりも先に、噛《か》みつくようにカイが言う。

「良くない……ッ！　お前が、どれだけ──ッ」

「カイ──」

「くそッ、あの宰相《さいしょう》──」

吐《は》き捨てるように言いながら、フィンリィの体をカイがいっそう強く抱き締めた。

その腕がまだ怒りのあまり震えているのを感じて、フィンリィは──なんとも言えない気持ちになって、カイの胸に額を押し当てた。

──こんなにも怒って、くれるのか。

胸の一番奥底。傷つき過ぎて、もう血が通っていないと思っていた、その部分に一気に血が通ったようなそんな気がする。

悲しい、辛《つら》い。

そんな感情が渦巻《うずま》く中で、頭の中に浮《う》かんで来たのは状況《じょうきょう》と相反する感情だった。

――嬉《うれ》しい。

フィンリィのためなんかに、フィンリィのことを思って、ここまで相手が怒ってくれることが。会いたい、と呟《つぶや》いていた言葉に潜《ひそ》んだ本気をくみ取ってくれていたことが。

そんなことが分かるぐらいに、相手がずっと傍《そば》にいてくれたことが。

いつだってずっと。心が寂《さび》しさで折れそうな時。辛くてどうしようも無い時。気遣《きづか》うように、見つめ続けていてくれたことが。

嬉しくて、温かくて、優《やさ》しくて――。

ふと頭に浮かんだのは、単純な言葉だった。

好き、だなぁ。

それが相手の与《あた》えてくれる愛というものに釣《つ》り合うのかどうかは分からない。

けれど、確かに好きだと、そう思った。

「カイ、あのね……」

確信した感情を言葉にしようとして口を開いたのに、呼びかけはなぜか途中《とちゅう》から嗚咽《おえつ》に変わった。どうしてか、ぽろぽろと溢《あふ》れ出る涙《なみだ》が、幾筋《いくすじ》も落ちて止まらない。

――なんだろう、これは。

自分の体の反応に戸惑《とまど》うフィンリィを抱《かか》え直して、カイが何度も口づけを落としてくる。

「ちが――カイ、ちがう――」

「うん」

「かなしく、ない――」

「そうか」

「ちがうのに――」

「フィンリィ」

必死に言葉を紡《つむ》ごうとすれば、優しく名前が呼ばれて唇《くちびる》に唇が重なった。

柔《やわ》らかいそれが、啄《ついば》むように何度も重なる。頬《ほお》を伝う涙が混じってか、塩の味がする。

ようやく、少しだけ相手に返せるその感情に行き当たったというのに。どうしてか涙が、止まらない。悲しくない筈《はず》なのに、胸が切なくて堪《たま》らなかった。

優しく口づけられるほど、涙が止まらなくなってくる。

カイの背中に腕を回して、フィンリィは泣き続けた。

温かい腕の中。

ずっと昔。一人きりで泣いていた幼い頃の自分が、ようやく一緒《いっしょ》になって泣き声を上げているような、そんな錯覚《さっかく》に襲《おそ》われた。

＊＊＊＊

深夜の王城を歩き回るのは、果たして何年ぶりだろう。

足音を立てないように息を潜めていると、気遣うようにぴたりと白銀の毛並みが足に触《ふ》れた。動きやすいから、という理由で幼獣《ようじゅう》姿のカイの青金色の瞳《ひとみ》が、夜の中にうっすらと浮かび上がる。夜目が利《き》くカイに先導されるまま、フィンリィは足を進めていた。

王弟──フィンリィの名付け親で叔父《おじ》であるクインツィ・フォーンがもう長くないという知らせを受けてから、三日後の夜である。

いよいよ叔父の体調は悪く、早くしなければ言葉を交《か》わすことも出来ないかも知れない。

そう告げたのは、最初に知らせをもたらしてくれた鼠《ねずみ》の眷属《けんぞく》で、その言葉に押されるように密《ひそ》かに面会は決行されることになった。相変わらずユリウスは渋《しぶ》っていたが、それについてはカイが有無を言わせぬ態度で、我を通した。

フィンリィが幼い頃《ころ》、叔父に会いたいと住居の周りを歩いていた頃は、衛兵が配置されていた記憶《きおく》があるが──時間が経《た》って、配置換《が》えがあったのかもう兵を配置する必要も無いと判断されたのか廊下《ろうか》には誰《だれ》もいない。

眷属たちがもたらした情報で驚いたのは、叔父に付く使用人の数が激減していたことだ。医者の診察《しんさつ》も決まった日に一度だけ。一日、三度の食事。午前と午後に一度、使用人が出入りするだけで、叔父は殆《ほとん》ど一人で置かれているらしい。

もう長くないと分かっている相手に、使用人も側《そば》につけてやらないとはどういうことか。そんな思いが渦巻いたが、そんな酷《ひど》い仕打ちを受けているから、こうして密かに会いに行けると考えると、複雑な気持ちになる。

何より、不安がある。

――叔父は果たして、自分に会ってくれるのだろうか。

自分の体は陽の気というものに溢れているらしい。一族の中では変わり種だ。そうであるのなら、叔父もフィンリィに会うと気分を害するのではないだろうか。そんな不安が何度か頭を過《よ》ぎって、カイにそれとなく相談したが、カイは頑《かたく》なに「会うべきだ」と言い張って弱気なフィンリィの言葉を一蹴《いっしゅう》した。

見覚えのある一角が、ようやく闇夜《やみよ》に慣れた目にうっすらと見えてくる。

誰にも見られずにたどり着くことが出来た。

ほっとしていると、暗がりの中にきらりと光る双眸《そうぼう》があった。

ちゃりん、と金属の音がする。

カイに先導されるまま、そちらに足を運ぶと、猫《ねこ》の眷属が口に重たそうな鍵《かぎ》をくわえていた。しなやかに近付いてきた相手に手を差し出せば、鍵が掌《てのひら》に落とされる。

「――ありがとう」

小さくお礼を呟けば、それに答えるように小さく猫が鳴き声を上げる。

鼠の眷属も――そしてユリウスも、どこかに潜んで近付く者がいないか見張っていてくれることになっている。自分の都合にカイの眷属たちを巻き込むのは気が引けたが、どうしても諸々《もろもろ》のことを頼《たの》まざるを得なかった。フィンリィ一人では、とてもここまでたどり着けていない。何より、その眷属たちが知らせてくれなければ——フィンリィは、叔父の命が長くないことを知ることもなく、エイヴェリィの誕生日まで呑気《のんき》に過ごしていたことだろう。

そうならなくて良かった、と思いながら——フィンリィは扉《とびら》を前にして固まった。

錠《じょう》を開けて部屋の中に入れば済むことだ。

それは分かっている。

それなのに、どうしてか——体が動かない。

しばらく硬直《こうちょく》していると、聞き慣れた声が聞こえた。

「……フィンリィ」

柔らかな発光と共に、背後から抱え込まれる。

そのまま鍵を持った手を持ち上げられた。

「大丈夫《だいじょうぶ》だ」

そんな言葉と共に、鍵が開く。

押されるようにして部屋の中に足を踏《ふ》み入れた。

部屋の中は外と違《ちが》う暗闇で、目が眩《くら》んでフィンリィは思わず立ちすくんだ。扉を閉めたカイが、背後からフィンリィを抱《だ》き込んで、慎重《しんちょう》に壁際《かべぎわ》にあった灯《あか》りを点《つ》ける。

頼《たよ》りない、蠟燭《ろうそく》の小さな灯り。

それに照らし出された部屋の中の様子に、フィンリィは小さく息を呑《の》んだ。

「……酷いな」

低い声でカイが呟く。とても、王弟の部屋とは思えない。何より、病人のための部屋とは思えないほど、粗末《そまつ》で質素な部屋だった。

そして部屋の中央に置かれた寝台《しんだい》の上。薄《うす》い病人着に身を包んで、布団《ふとん》をかけた——痩《や》せ細った男が横たわっていた。右目は眼帯に覆《おお》われている。顔立ちは確かに父親に似ていた。けれど、長年の闘病《とうびょう》を思わせる白髪《しらが》と、痩せこけた頰は——殆ど時を同じくしてこの世に生を受けたとはとても思えない差があった。

——どうして、こんな。

浅く呼吸をする度《たび》に、胸が上下に動く。それが無ければ、もう亡《な》くなっていると思ってしまったかも知れない。それほど弱々しい姿に、フィンリィは言葉が出て来なかった。間近に見える死の気配に、体が震《ふる》える。寝台へ足を進めようとするフィンリィの腕《うで》を摑《つか》んで引き留めたのは、カイだった。青金色の瞳が、じっと叔父の横たわる寝台へ注がれている。

「……フィンリィ」

硬《かた》い声で、カイが囁《ささや》く。その声には微《かす》かに、驚《おどろ》きも混じっているようだった。

カイがそのまま言葉を続ける。

「お前の叔父は——陽の気と、陰《いん》の気が二つとも顕現《けんげん》している」

「——？」

「陽の気も、陰の気も──人間の体に宿っている。しかし、顕現するのは一つだけだ。相反しているが故《ゆえ》に拮抗《きっこう》する力を顕現して同時に扱《あつか》えるのは、神であっても主神だけだ。それなのに、人間の身で二つの力を同時に顕現させている──病弱にもなる筈だ。体が悲鳴を上げるのも無理は無い」

「カイ、待って──どういう」

「……むしろ、よく持った」

放たれた言葉に衝撃《しょうげき》を受けて、フィンリィは立ち尽《つ》くした。

心のどこかで、医者の見立て違いであれば良いと願っていた。何かの間違いであれば良いと、そんな都合の良いことを。

「……オルシャエルゴの一族が、陰の気だけを顕現させて来たことに対しての反動だ。お前は陽の気だけを集めて顕現させたが、お前の叔父は両方を顕現させてしまった」

──一族の被害者《ひがいしゃ》だ。

そう言うカイの言葉に、フィンリィは言葉が出て来ない。

「……なんで」

それ以上、言葉が出て来ない。

絶句するフィンリィを、カイが黙《だま》って引き寄せた。そのまま、沈黙《ちんもく》が訪《おとず》れる。その中で、微かな声が聞こえた。

「……もう、朝か？」

問いかけの声は、細く消えてしまいそうだった。

しかし、はっきりとした意思と理性が宿っている。

驚いて寝台に目をやれば、寝台の上で相手が薄く目を開いていた。

眼帯に覆われていない左目が、ちょうどフィンリィとカイの立っている方を向いているが、その目は焦点《しょうてん》を結んでいない。濁《にご》った赤褐色《せっかっしょく》をしている左目は、どうやら視力を失っているようだった。

ますます、フィンリィは言葉が出て来ない。

——もっと早く会うべきだった。

幼い頃、無力故に諦《あきら》めたことの後悔《こうかい》が止まらない。

宰相《さいしょう》はどうして叔父がこんな状況《じょうきょう》であるのに黙っていられるのだろう。そしてフィンリィの父親は、どうしてこんな様子の弟を一人にしておけるのだろう。

そんなどうしようもない思いが渦巻《うずま》いて、声にならない。

フィンリィに代わって口を開いたのは、カイだった。

「——朝ではない。まだ真夜中だ。こんな夜遅《よるおそ》くに訪れて申し訳ない」

返答があったことに相手は驚いたようだった。寝台の上の体が一瞬強《いっしゅんこわ》ばり、それから弛緩《しかん》する。ぜぇ、と小さく音を立てて息をしてから、叔父が細い声で言う。

「——すまない。君は誰だ？　声に聞き覚えが無いが、新しい使用人か？　それとも医者か？　神官か？」

神官という選択肢《せんたくし》があることに、叔父も薄々自分の死期を悟《さと》っていることが知れる。

カイは叔父の問いかけに、淡々《たんたん》と答えた。

「俺は、そのどれでもない。貴方《あなた》に客があって連れて来た。それだけだ」

カイの言葉に相手が戸惑《とまど》ったように沈黙する。

意味をよく飲み込めていないようだった。それから信じられないという口調で、叔父《おじ》が確かめるように言葉を紡《つむ》ぐ。

「私に、客？」

カイがフィンリィの肩《かた》を抱いて、寝台に近寄る。

寝台に投げ出された手は、肉が落ちて骨の形がはっきりと分かるようだった。

カイが淡々と言う。

「二十年前に、貴方が名前を付けた子を覚えているか？」

「——ああ。宰相に頼まれて名前を付けた」

「貴方の名付け子が、どうしても会いたいというから——連れて来た」

「名付け子が……？」

「ずっと、貴方に会いたがっていた。名前を呼んでやってくれ」

「名付け子……」

信じられないというように、その単語を繰《く》り返しながら、焦点の合わない目が動く。それから、乾《かわ》いた唇《くちびる》が小さく音を紡ぐ。

「フィンリィ?」

そこにいるのか、と。確かめるように、慎重に。

音にされたそれを聞いた途端《とたん》、フィンリィは目の前の痩せた掌《てのひら》を反射的に握《にぎ》っていた。骨の形が直接伝わってくる掌を握りながら、フィンリィはやっとの思いで声を出した。

「……叔父上、フィンリィです」

お会いしたかったです。

それ以上のことは、言葉にならなかった。

叔父も何を言えば良いのか分からないようだった。フィンリィの存在を確かめるように、何度も握った手に力を込めながら、やがて小さく口を開いた。

「どうして、ここに――……?」

最後の言葉は、消えそうなほど掠《かす》れていた。

問いかけに、色々な事柄《ことがら》がフィンリィの頭の中に渦巻いた。けれど、そんなことよりも、もっと伝えなければいけないことがあった。

「――会いたかったんです、叔父上」

幼い頃《ころ》に自分に名前を与《あた》えてくれた存在を知ってから、ずっと。

「会いに来るのが、遅くなって、ごめんなさい――」

絞《しぼ》り出した謝罪の言葉に、相手は何も言わなかった。握っていた手が、弱々しくフィンリィの手を握り返した。そして、小さく言う。

「……会いたいと、思ってくれていたのか」

そうか、と呟《つぶや》く声は静かで優《やさ》しかった。

濁った赤褐色の瞳《ひとみ》が、少しさまよう。

「……悪いが、眼帯を外してくれないか」

フィンリィたちのやり取りを無言で見つめていたカイが、音もなく近付いて叔父の右目に付けられた眼帯を丁寧《ていねい》に外した。閉じられていた右目の瞼《まぶた》が、震えるようにして開かれる。

蠟燭《ろうそく》の微かな灯《あか》りすらも眩《まぶ》しいように目を細めた叔父の瞳の色に──フィンリィは息を呑《の》んだ。

「叔父上──」

「……見苦しい色で、すまないな──こちらの目は、左目より少しマシなんだ──そうは言っても、殆《ほとん》ど見えないが……」

微かに自嘲《じちょう》を含んだ声に、フィンリィはただ首を振《ふ》った。

見苦しい、だなんてことは無い。

叔父の右目に宿っているのは、フィンリィの両目と同じ──橙色《だいだいいろ》だった。

光に慣れないのか、叔父がゆっくりと瞬《まばた》きを繰り返す。フィンリィの顔のあたりをぼんやりと見つめているが、フィンリィの目の色まで判別は付いていないようだった。

叔父の乾いた唇が訥々《とつとつ》と語り出す。

「……この目の色を、父上は嫌《きら》ってな。体が弱ったこともあって……私を、ここに閉じこめた。……本当は、私の方が先に生まれて、取り上げられていたらしい。……私のようなものに、『クレイド』の名前は譲《ゆず》れないと、父は私を『弟』ということにした」

「――え」

語られた内容にフィンリィは目を見開いた。

それはフィンリィの身に降りかかってきた事柄とよく似ていた。

瞳の色。

たった、それだけのことで、何もかも取り上げられ与えられないことも、孤独《こどく》を強《し》いられることも、どれもフィンリィの身に覚えのあることだった。

叔父が大きく息を吐《は》いて、目を閉じた。

「……これを知っている者は、もう、殆ど、いないな。……産みの母すら、私を『弟』だと思っていた。……私が『兄』だと知っているのは、父と、宰相と、私を取り上げた産婆《さんば》だけだ。……父も、産婆も、もう死んだ。……後は、宰相だけだ」

宰相の濃《こ》い灰色の瞳を思い出して、フィンリィは微《かす》かに息を呑んだ。

フィンリィの瞳の色が赤褐色であれば、そう言っていたあの老人は――何を考えていたのだろう。何を考えて、祖父が目の前の人に強いた事と同じことを、フィンリィにしようとしているのだろうか。

「……王族の長男に生まれたというのに、何も成し遂《と》げることもなく……ただ疎《うと》まれて、この部屋で死ぬかと思っていたが――」

そこで大きく息を吸ってから、叔父――否《いな》、伯父《おじ》のクィンツィが、万感《ばんかん》を込めて呟く。

「お前に、名前を付けることが出来て――よかった」

心の底から、そう思っている。

その想《おも》いが伝わってくるようで、フィンリィは胸が詰《つ》まった。フィンリィの方を見つめる右目の焦点は、どこかぼんやりとしていて合っていない。

それでも注がれる眼差《まなざ》しが、どこまでも優しかった。

それは、幼い頃にフィンリィが渇望《かつぼう》していたもので間違《まちが》いなかった。

けれど――フィンリィはよかった、だなんて。そんな言葉をかけて貰《もら》えるような、存在ではない。

「――ッ」

違うのだ、と否定の言葉が口を衝《つ》いて出そうになる。

自分も同じ瞳の色をしている。それも両目に橙色を宿して生まれてしまった。

そう声にしようとしたフィンリィを制したのは、カイだった。

相手の指先が言葉を封《ふう》じるように、唇に触《ふ》れる。驚《おどろ》いて見返せば、蠟燭の灯りで煌《きら》めくカイの瞳は、どこまでも穏《おだ》やかだった。そのまま小さく首を振られるのに、口から飛び出しそうになった言葉を飲み込む。

――この人は、もうすぐ逝《い》ってしまうのだ。その人が、最期《さいご》に見つけたささやか過ぎる大切なものに、傷を付けるような真似《まね》をわざわざしなくて良い。

そう窘《たしな》められたような気がした。

その事実に胸がきりきりと痛む。

逝ってしまうのか？

握った掌《てのひら》は温かいというのに。会えたばかりなのに。それなのに――。

思った途端に、涙《なみだ》が出てくる。ぽたぽたとこぼれて落ちるそれらが、伯父にかかることのないように気を付けて、泣いていることに気付かれないようフィンリィは精一杯《せいいっぱい》明るい声を取り繕《つくろ》って言った。

「――こちらこそ、素敵《すてき》な名前をありがとうございました」

ずっと、会いたかったのだ。

光をもたらす者。

そんな意味を込めてくれた人に。

「クインツィ伯父上――伯父上の右目は、黄昏《たそがれ》と同じ綺麗《きれい》な色ですよ」

世界を夜に誘《いざな》う静かな優しい時間。それによく似た橙色。

いつか、カイが己《おのれ》の目の色を太陽に喩《たと》えて褒《ほ》めてくれたことが思い出されて、そんな言葉がするりと出て来た。この人が、幼い頃のフィンリィにとって――遥《はる》か遠くにある触れることの出来ない光だったのは、確かな事実だった。

フィンリィの言葉に、伯父が目を見開いた。

握っていた手が硬直《こうちょく》する。

それから、ふと体が弛緩《しかん》して溜息《ためいき》のような声が相手の口からこぼれて落ちた。

「——ありがとう」

微かに震《ふる》えた声に、フィンリィは言う。

「本当のことです」

「……フィンリィ」

「はい」

「……ありがとう」

繰り返される礼の言葉に、フィンリィは微笑《ほほえ》んで、ただ手を握っていた。涙が幾筋《いくすじ》も頬《ほお》を伝って落ちていく。それに気付かれないようにしながら、フィンリィはただ他愛《たわい》のない言葉をかけて、伯父の手を握り続けた。

——時間の流れが、ふと遅《おそ》くなった気がする。

気が付けば蠟燭の灯りが消えていた。

伯父が小さな声で呟いた。

「……てっきり、誰《だれ》にも看取《みと》られずに、独りで逝くと思っていた」

時間が経《た》つごとに、伯父の息が苦しげになっていく。時折、ふと意識を飛ばす。そして、フィンリィの掌を握り返す力は弱くなっていた。

「……フィンリィ」

「はい」

「……幸せに、なりなさい」


愛している、私の名付け子。


それは別れの言葉だと、瞬間的《しゅんかんてき》に理解する。フィンリィは、骨の浮《う》いた伯父の手を両手で握《にぎ》りながら身を乗り出した。

「――僕は伯父上が名付け親で幸せですよ」

その言葉に、伯父が微かに唇《くちびる》だけで微笑んだ。小さく、聞き逃《のが》してしまいそうな声が言う。

「……幸せだな」

その言葉と共に、伯父の体から一気に力が抜《ぬ》ける。フィンリィは咄嗟《とっさ》に相手に呼びかける。

「伯父上」

呼びかけが聞こえたらしい。相手の唇が微かに動くのが見えた。

しかし、言葉は聞こえない。

「伯父上？」

耳を澄《す》まして、フィンリィは伯父の様子を窺《うかが》う。

「……」

何を言っているのかは聞き取れなかった。それでも、その顔が満足そうに微笑んでいるのが分かる。瘦けた頰に恐《おそ》る恐る手を伸《の》ばす。

そうして、どれぐらいの時間が経ったのか。

浅く上下していた伯父の胸が——動きを止めた。すっ、と息を吐き出したきり、伯父の顔から生気が抜け落ちていくのをフィンリィは間違いなく見た。

「……伯父上」

呼びかけても反応は無い。握っていた掌からも、だらりと力が抜ける。ただ、まだその掌は温かかった。

「おじうえ」

酷《ひど》い涙声になって、フィンリィは狼狽《うろた》える。こんな声では、心配をかけてしまう。そんなことを頭の片隅《かたすみ》で思いながら、伯父の顔を見ようと目を凝《こ》らすのに、前がよく見えない。

不意に、横から肩《かた》を抱《だ》かれた。日向《ひなた》の匂《にお》いが鼻をくすぐって、それがカイだと分かる。最初に言葉を発して以来、何も言わずに、フィンリィと伯父のやりとりをずっと見守ってくれていた。

そんな相手に、フィンリィは言う。

「カイ——おじうえ、は」

酷い声が出た。

名前を呼んでくれた。

名前を付けて良かったと言ってくれた。

ありがとうと言ってくれた。

幸せを願ってくれた。

愛していると、そう言ってくれた。

それら一つ一つが嬉《うれ》しいのに、嬉しくて堪《たま》らないのに——悲しい。

微笑もうとしているのに、涙が溢《あふ》れてくる。

横から、腕《うで》を回してくれる体が温かい。それと対比して、手の中で握っている掌が、どんどんと冷たくなっていく。その現実が、どうしようもない。

カイが静かに言った。

「——フィンリィ、喋《しゃべ》らなくて良い」

「っ、——」

何かを言おうとして開いた口は、結局掠《かす》れた音をこぼすだけだった。カイが肩を抱いていた手を頭に伸ばして、優《やさ》しい手つきで撫《な》でながら言う。

「……会えて良かったな」

そうだろう、と言う言葉にフィンリィは黙《だま》ったまま何度も頷《うなず》いた。

握っていた掌から、体温が無くなるまで。

そろそろ、人の気配がする。引き上げなければ、危ない。強い口調ではなく、気遣《きづか》うような遠慮《えんりょ》がちな声で、ユリウスが声をかけるまで。

朝の白い光が近づいてくるまで。

ずっと二人は寄り添《そ》って、寝台《しんだい》の横に立っていた。

＊＊＊＊

「この世界に神々はもういない。だが、彼らが残した理は残っている。——だから俺は、起ることは起こるべくして起こっていると思う」

クインツィ・フォーンの亡骸《なきがら》は、宰相《さいしょう》が指示したらしい衛兵たちによって、秘密裏《ひみつり》に墓所に葬《ほうむ》られたそうだ。知らせてくれたのは、猫《ねこ》の眷属《けんぞく》である。

——本当に、自分に引き合わせる気など無かったらしい。

それどころか、亡《な》くなった事実そのものが伏《ふ》せられたままだ。

フィンリィの父親である国王は、仮にも弟だというのに、墓所に足を向ける気配も無いらしい。表向きには叔父《おじ》——正確には伯父《おじ》——が、亡くなったことを知らないことになっているフィンリィは、そこに赴《おもむ》いて花を供えることも出来ない。

何事も無かったように一日が過ぎて、夜が訪《おとず》れる。

伯父を看取ってから、もう数日が経ったという事実に頭が付いていかない。

掌《てのひら》の中には、骨の浮いた掌の感触《かんしょく》が残っていて、その体温も鮮明《せんめい》に思い出せる。

それなのに、言葉を交《か》わした相手がもういないというのは——とても不思議で、とても寂《さび》しかった。

心の中に、ぽっかりと空洞《くうどう》が出来たような気がする。

涙《なみだ》こそ出ないもののぼんやりと上の空で、なんだか足下《あしもと》が覚束《おぼつか》ない。

そんなフィンリィを早々に寝台に押し込み、寝《ね》かしつけようとしたのはカイだった。

裸《はだか》の肌《はだ》が触《ふ》れ合っている。

いつもなら、その体温に安心して眠《ねむ》りに落ちるというのに、ここ最近は目が冴《さ》えてしまって一向に眠くならない。

そんなフィンリィの様子を、片肘《かたひじ》を突《つ》いて見つめながら、カイが言う。

フィンリィは、カイの声にじっと耳を澄ました。

「二百年前の俺は、今思えば驕《おご》っていた。俺に与《あた》えられたのは、あくまでこの大陸の統治権だけだ。そして、この大陸に生きる者たちを守護するために俺は遣わされたんだ。それなのに——いくら同情するべき点があるとはいえ、他《ほか》の種族を招き入れて、助けてやろうだなんて思い上がりだった。だから、罰《ばち》が当たった」

統治者の証《あかし》である指輪は奪《うば》われ、体の自由も奪われて、狭《せま》い空間に押し込められた。

そのまま二百年。

ただ、息をしているだけの毎日。

「聖獣《せいじゅう》は死なないが、弱る。痛みも苦しみも感じる。ただ、暗い中に閉じこめられた二百年は正直——気が狂《くる》いそうだった」

やがて呪具《じゅぐ》に力が送られなくなり、塔《とう》が崩《くず》れて壁《かべ》が壊《こわ》れて、外の景色を見ることが出来るようになった。人間たちが、どうして聖獣を放置しているのか。その理由までは囚《とら》われの身であるカイには知ることは出来なかった。

ただ、外への渇望《かつぼう》はいっそう、強まった。

季節ごとに移り変わる花。自由に飛び回る虫や鳥。鮮《あざ》やかな緑や、変わりゆく空の色。それらを見ることが出来るのに、感じることが出来ない。もどかしさに、何度も暴れたが、封印《ふういん》は厳重で解けることはなく、ただ聖獣を疲弊《ひへい》させるだけだった。眷属たちがどうなっているのか、己《おのれ》が守護すべき者たちがどうなっているのかも判然としない。

自分の無力さに絶望感だけが募《つの》っていく。

——そんな、ある日。

「俺のところに、光が差した」

光は、人間の少年の形をしていた。そして、聖獣のことを何一つ把握《はあく》していないようだった。差し伸べられた両手。その匂いは——二百年の間、閉じこめられていたカイにとっては刺激《しげき》的な日向の匂いだった。

そして、溢れんばかりに陽の気が満ちていた。

「フィンリィは光に見えたよ、間違《まちが》いなく」

そう言いながら、優しく頭を撫でられる。語られた内容に驚《おどろ》きが勝《まさ》って、フィンリィはまじまじとカイを見つめた。

二百年。

人間であればとっくに死んでいる月日だ。聖獣の眷属たちの寿命《じゅみょう》にしても長い年月だが、それでも不死の聖獣にとっては——あっという間のことだろう。どこかでそんな風に考えていたのを覆《くつがえ》される。

二百年の間、誰《だれ》もいない中で独り。

カイに出会うまでの十三年間。大勢の中にいても一人だったことを考えれば、途方《とほう》も無い孤《こ》独《どく》感だった。

フィンリィの先祖は酷いことをしたと思っていた。しかし、それは、フィンリィが思っていたよりもずっと酷いことだったのかも知れない。

あまりのことに言葉を失うフィンリィを見て、カイが少しだけ笑う。それから、優しい声で言った。

「——お前の伯父にとっても、お前は光だったと思うよ」

幸せになりなさい、と言ってくれた声が耳の奥に蘇《よみがえ》る。

「誰かの幸せを願えるのは、少なくともその者の心に幸せがあるからだ。お前の伯父は、良い顔をしていた。あれは、フィンリィに会えたからだろう。お前が俺を救い出したのも、お前の伯父があああいう安らかな最期《さいご》を迎《むか》えるに相応《ふさわ》しい者だからだろう——俺は、少なくともそう思う。お前の伯父は、還《かえ》るべきところに還る。心配いらない」

穏《おだ》やかな声がそう言って、フィンリィを寝かしつけるように優しく叩《たた》く。

「……カイは」

「ん？」

「ずっと、そうやって──」

見送ってきたのか。

寿命が長いとはいえ、眷属たちもいずれ命が尽《つ》きる。その中で取り残されて、ずっと生き続ける。それは、ある意味、誰よりも独りだということだ。

寂しくないのか、と言外に訊《たず》ねるフィンリィにカイが微《かす》かに笑った。

「俺はそういう生き物だったからな。それほど深く考えたことは無かった。それに逝《い》く者たちは大抵《たいてい》、良い顔をしていたから──還るべき場所へ還っただけだと思っていた。なのに──」

「──？」

「初めて、逝くのを見送りたくないと思った相手が出来た」

間近で顔をのぞき込まれる。それに何と答えるべきか分からずに、言葉に詰《つ》まった。

青金色の瞳《ひとみ》は──相変わらず満天の星のように美しい。

その双眸《そうぼう》が、ひたすらに自分に向いている。

なんで、どうして。

そんな問いが消えてしまいそうな、揺《ゆ》るぎない熱が見えた。

「フィンリィ」

呼びかけられて、反射的に体を引こうとする。相手の腕《うで》がそれを引き留めた。足が触れた。肌が温かい。

それが幸せだ、とそう思う。

途端《とたん》に動けなくなる。

温かさを失う感覚を知ってしまった今は余計に。

——失いたくない、とそう思う。

「フィンリィ」

穏やかに名前を呼びかける声が、何を求めているのか分かってしまう。胸を満たす感情を理解しているのに、なぜか素直《すなお》にそれを認めることが出来ない。

「……僕、人間だよ」

「そうじゃないと、会えてなかったな」

「何年一緒《いっしょ》に隣《となり》で寝ていると思ってるんだ？　知ってる。今更《いまさら》だろう」

「……男、だし」

「……何にも、持ってない」

そんな言葉に、カイが笑った。

「名前も、体も、心も、命も——全部持っているだろう。その他に、何か必要か？　他の奴《やつ》は知らないが、俺はそれだけあれば良い。俺の欲しいものなら、全部持っている」

まだ何か言葉を重ねようとしたところで、相手が言う。

「フィンリィ」

顔をのぞき込む相手は、フィンリィの気持ちなど、とっくにお見通しのようだった。それなのに、ただ、一言。その言葉をフィンリィが口にするのを待っている。

自分はなんて甘やかされているのか。そんなことを思いながらフィンリィは、そっと呟《つぶや》く。

「……カイ」

「うん?」

「──いなく、ならない?」

温かさを覚えた手は、もうその温かさを手放すことが出来ない。もしも、そんな日が来たら耐《た》えられない。

フィンリィには、とっくにカイしかいないのだから──。

そんな思いで放った言葉に、カイが驚いたように息を呑《の》んだ。それから、ふっと笑いながら体を引き寄せる。抱《だ》きしめながら、相手が囁《ささや》くように言う。

「……それは、俺の台詞《せりふ》だろう?」

フィンリィ、と強請《ねだ》るように名前を呼ばれた。目を瞑《つむ》って、相手の背中に腕を回しながら、フィンリィは生まれて初めて、その言葉を口にする。

愛、という言葉はまだ使えない。あまりにも幼い言葉だと思う。それでも、今のフィンリィの気持ちを伝える精一杯《せいいっぱい》。

「――好き。大好き」

――『家族』にして。

願いの言葉は、相手の噛《か》みつくような口づけに遮《さえぎ》られて、最後まで言葉にならなかった。

＊＊＊＊

いつもの啄《ついば》むような優《やさ》しい口づけではなく、本当に噛みつくような口づけだった。呼吸も全《すべ》て食べられてしまって、頭が真っ白になる。

「んッ、ぅ」

そのまま唇《くちびる》を割って入り込んできた舌が、歯列をなぞって口の中で縮こまっていたフィンリィの舌をなぞる。上顎《うわあご》のざらざらとした部分を器用に舌先が擽《くすぐ》るのに、なんとも言えない気持ちよさが体を走り抜《ぬ》けて、フィンリィは口を開いたまま体を震《ふる》わせた。

力の緩《ゆる》んだ舌を引っ張り出すようにして、じゅ、と音を立てて吸われる。そのまま、何度も角度を変えた口づけをされて、唇を離《はな》された。

いつの間にか息をするのを忘れていた。顔が熱い。くらくらとしながら、フィンリィは力なく相手の厚い胸板《むないた》を押して呟く。

「い、つもと……、ぜんぜん、ちが……」

なに、これ。

率直《そっちょく》な感想に、カイがどこか獰猛《どうもう》に笑った。

「当たり前だろう」

口説き落としている最中に、こんなことが出来るか。

熱の籠《こ》もったそんな言葉と共に、また唇を塞《ふさ》がれた。一糸纏《まと》わぬ姿で寝台《しんだい》を共にするのはいつものことなのに、自分の言葉でその意味が塗《ぬ》り変わったことを実感して体が震える。

「フィンリィ」

そんなフィンリィの様子に、目を細めてカイが言う。

「怖《こわ》いか？」

「──違《ちが》う、けど」

「けど？」

「……男同士って、出来るの？」

今更の疑問が口から転がり出て、自分の無知さを晒《さら》すのが恥《は》ずかしくて、フィンリィは顔を赤くする。

体を重ねる必要がある、と記憶《きおく》に間違いが無ければカイはそう言っていた筈《はず》だ。フィンリィが知っている性知識は、座学と書物で覚えた女性との性行為《せいこうい》だけだ。それも実地経験は皆無《かいむ》である。

フィンリィの素朴《そぼく》な疑問に、カイがきょとんとした顔をして、手を止めた。その隙《すき》に、フィンリィはたどたどしく言葉を紡《つむ》ぐ。

「あの……分からないから、任せて、良い？　頑張《がんば》る、けど……」

具体的に何を頑張れば良いのか分からないまま、それでもそんな言葉を口にすればカイがなぜだか顔を歪《ゆが》めた。やる気を削《そ》いでしまったかと心配になって相手の顔をのぞき込めば、カイが何かに耐えるような顔をして呟いた。

「……悪いことを教えている気になる」

「――？」

何が悪いことなのか、と考えていると顔をのぞき込んだカイが真剣《しんけん》な調子で告げる。

「フィンリィ、痛いと苦しいはきちんと言ってくれ」

「う、ん」

「ただ――恥ずかしいからやめて、は聞いてやれない」

「え？」

――そんなに恥ずかしいことをするのか、これから？

ぽかん、と相手を見返していると再び口づけが始まった。唇を吸われて、じんと頭の奥が痺《しび》れる。舌の絡《から》む深い口づけを繰《く》り返される内に、下手《へた》くそながら、合間に息継《いきつ》ぎが出来るようになって来た。

「は、ぁ……ぁ、あ」

——気持ちが、いい。

唇と舌から濡《ぬ》れた音が響《ひび》いて、それがぞくりとした痺れのようなものになって全身を走り抜ける。

確かに、恥ずかしいのかも知れない。

ぼんやりとそんなことを思っていると、カイの掌《てのひら》が体に触《ふ》れた。

労《いたわ》るように、慰《なぐさ》めるように。フィンリィが知っている穏《おだ》やかで優しいそれと同じ掌の筈なのに、どうしてか相手が触れたところから熱が宿って、しっとりと体が汗《あせ》ばんでいく。

「っ、ぁ、あ——」

カイの指先が胸に触れる。普段《ふだん》は意識したことも無いような、そこの尖《とが》りを優しく爪《つめ》の先で引っかかれて、下肢《かし》がぎゅっと疼《うず》いた。

「ぅ、う……っ、ぁ、あ」

親指の腹で転がすようにしたり、指で挟《はさ》むようにしたり、丹念《たんねん》に胸の周りを揉《も》みほぐされるのに、形容し難《がた》い感覚が体中に走る。

思わず体を丸めようとすると、顔をのぞき込んだカイが言う。

「痛いか？」

「ちが——ッ、ぁ、ん——」

「気持ち良い？」

「ん……っ、ぅ」

いつの間にか生理的な涙《なみだ》が目に滲《にじ》んでいた。頷《うなず》きながら足の爪先《つまさき》を丸めるとカイが微《かす》かに笑って、胸に顔を埋《うず》めた。

「ひ、っ、ぁあ――」

カッ、と頬《ほお》に熱が上る。散々、指先で弄《いじ》くられたそこを、先ほどまで口の中で散々に絡めていた舌が舐《な》めている。その事実に頭が沸騰《ふっとう》しそうになった。

「あ、ゃ、カイ――ッ」

今度こそ明確な羞恥《しゅうち》を感じて、思わず相手の動きを制するように名前を呼べば、胸に顔を埋めていた相手がちらりと視線を寄越《よこ》して笑う。

「恥ずかしい？」

「――ッ」

自分でもどうしようも無いぐらいに、顔が赤くなっているのが分かる。泣き出しそうになりながら、何度も頷いたところで、カイは目を細めて言った。

「なら、やめない」

「ッ――！」

先ほどの言葉の意味をようやく理解したところで、カイの指で弄くられて赤く尖ったように腫《は》れたそこに、舌が這《は》わされた。ざらりと濡れた感覚がするのに、ひっ、と悲鳴のような息がこぼれる。

胸元から響く濡れた音が、全身に響いているような気がした。せめて縋《すが》り付くものが欲しくて、胸元にある相手の頭に手をやれば、自分から強請って押しつけているような姿勢になって、羞恥に再び目眩《めまい》がした。

散々、裸《はだか》で一緒《いっしょ》に眠《ねむ》っていたというのに。

体を重ねるというのは、これほど違う意味を持つのかと思う。

そして、どうして伴侶《はんりょ》以外を寝室に入れるのが禁じられているのか。この国に生まれて二十年目で、ようやくその意味を悟《さと》る。こんな全てを無防備に晒け出すような行為、とてもではないが第三者に見られたくない。見せたくない。

「……っ、カイ、カイ――」

切羽詰《せっぱつ》まったように名前を呼べば、カイが顔を上げた。

「痛いか？」

問われて首を振《ふ》る。散々に舐めて吸われて歯を立てられて、まるで自分のもので無いかのように浮《う》き出て尖ったそこは、じんじんと熱を持っているが痛いというよりむず痒《がゆ》い。

それよりも、問題なのは。

「ちが――下……っ」

「下？」

「下、苦し……出したい……ッ」

恥ずかしさに、上限というものは無いのだろうか。そんなことを思いながら震える声で訴《うった》えれば、カイの手が下がって、痛いぐらいに勃《た》ち上がったフィンリィの性器を撫《な》でた。

「ひっ、ぅ――ッ、ん――」

思わずきつく目を瞑《つむ》る。ぬちゃり、という音がする。先走りで、そこがぐちゃぐちゃに濡れているのが分かった。

性欲は淡泊《たんぱく》な方だ。起きた時に催《もよお》したり、生理反応として兆《きざ》した時は、仕方が無く一人で処理をしたりしていたが、それも義務感が強かった。アテも無く欲を溜《た》めた自分の体が浅ましい気がして、フィンリィは処理にそれほど時間をかけない。

だから、こんなに痛いほど勃ち上がった自分のそこが、信じられないような気がする。

そこの形をなぞるようにカイの手が触れて、伸《の》び上がるようにフィンリィの顔をのぞき込んでカイが言う。

「気持ち良かったか？」

「ん――っ、ぅん……」

認めるのも恥ずかしいが、体の方がこれでもかと快感を主張しているのだからどうしようも無い。羞恥を堪《こら》えて頷けば、まるで褒《ほ》めるように唇《くちびる》を啄《ついば》まれた。

先ほどまで、その唇が胸元《むなもと》にあったのかと思うと、途端《とたん》に恥ずかしさが募《つの》って再び重たい熱が溜まっていく。

「……フィンリィは、敏感《びんかん》だな」

「っ、ぅ――？　分かんな……ッ、カイ、出した……」

相手の掌に押しつけるように腰《こし》が浅く揺《ゆ》れている。この姿こそ浅ましいと、頭の中で冷静な自分が呟《つぶや》いた。それに、ますます熱が煽《あお》られて、息が荒《あら》くなる。

「カイ、カイ――ッ」

「一回、出してやるか？」

「出す……もっ、や、早く……ッ」

はしたなく強請《ねだ》る腰の動きを宥《なだ》めるようにして、大きな掌がフィンリィの性器を握《にぎ》った。その刺激《しげき》だけで、びくりと腰が跳《は》ね上がる。

普段、自分が行うような、手早く処理だけを目的としたような単調な動きとは違《ちが》う。快楽を感じさせようとして動く掌に、フィンリィは身悶《みもだ》えしながら、目の前のカイの体に縋り付いた。

「カイ、ぁ、あ、あ――ッ、や、きもち、ぃ」

「気持ち良くないと困るだろう」

「あッ、あ――あ」

強弱を付けて握り上げられて、根本から上下に扱《しご》かれる。自分では絶対にしない手の動きに、快楽が過ぎて無意識に腰が引けた。先端《せんたん》の窪《くぼ》みを、軽く爪で引っかくように押されるのに、下腹が強く脈を打つ。

「ひっ――ん、ぁ」

口から出るだらしない声を止めたくて、フィンリィは拙《つたな》くカイの唇に吸い付いた。ちゅ、ちゅ、と何度も繰り返し口づけていれば――青金色の瞳《ひとみ》が細められる。焦《じ》れたように主導権を奪《うば》われて、あっという間に相手の舌が口の中に潜《もぐ》り込んでくる。

「んぁ、あ――ッ、あ」

舌を搦《から》め捕《と》られて、口の中に水音が響く。下肢から響く濡れた音と相まって、頭の中が真っ白になる。

「――ッ」

だらりと口の端《はし》から唾液《だえき》が伝って落ちる。それと同時に、ぶるりと体が震《ふる》えて、カイの掌に導かれるままに熱を吐《は》き出した。

「あ……っ、は、ぁ――あ」

体中がびっしょりと汗ばんでいる。熱を吐き出した後、特有の倦怠《けんたい》感に体が弛緩《しかん》する。短く息を漏《も》らしていると、労るように何度も口づけを与《あた》えられる。いつもなら、すぐに洗い流すなり、拭《ふ》き取るなりしてしまう白濁《はくだく》の青臭《あおくさ》い匂《にお》いに思わず眉《まゆ》を寄せた。

何度も肩《かた》で息をしながら、口づけの合間にフィンリィは言う。

「カ、イ――?」

「ん?」

「これから、どうする、の?」

今のは一方的に、フィンリィが気持ちよくなってしまっただけだ。体を重ねるとは言わないだろう。そんな思いでの問いかけに、額をこつりと合わせてカイが言う。

「これから――」

「ひ、ぇッ?」

間抜《まぬ》けな声が上がったのは、不意に押しつけられた相手の下肢《かし》が、驚《おどろ》くほどに硬《かた》く猛《たけ》っていたからだ。カイが人の姿を取れるようになってからも裸で共に寝《ね》ていたのだから、相手のそれを目にしたことは当然ある。体格に見合った立派なそれは、フィンリィが見たことのないほど昂《たか》ぶっていた。

「えっ、え――なん、で？」

思わず問いかける。少なくとも、フィンリィはカイに触《ふ》れていない。それなのに、どうしてそこがそんなことになっているのか。

フィンリィの疑問に、カイが笑った。

「好きな相手が、目の前で乱れていたら興奮するに決まってるだろ？　それも乱れさせてるのは俺だぞ？」

「え、ぁ、そう、なの――？」

「そういうものだ」

混乱しながらのフィンリィの問いを、やや強引《ごういん》な断言で終わらせて、カイがフィンリィの足を開かせて持ち上げる。

「これを」

そう言いながら、カイの指先が萎《な》えた性器を伝うようにして、後ろに触れる。

「ここに――入れるからな？」

それは確認《かくにん》の形をした宣言だった。

「ふぁ、え――ッ？」

先ほど、自分が放った先走りと白濁で湿《しめ》った――後孔《こうこう》に、浅く指の先を入れられて、フィンリィの頭は真っ白になった。

「え、ぁ、嘘《うそ》――？」

「こんなことで嘘を吐《つ》く訳ないだろ？」

真面目《まじめ》な声音《こわね》で言い返されて、フィンリィは先ほど押しつけられた相手のそれの大きさを思い出して、声を上擦《うわず》らせながら言う。

「だ、だって、入らない、よ？」

「入るようにするんだ」

「ど、やって――」

「フィンリィ」

衝撃的《しょうげき》な回答に、言葉が出て来ない。そんなフィンリィに、色気のある――けれど、どこか凶暴《きょうぼう》な声でカイが言った。

「どんなに恥《は》ずかしがっても、やめないからな？」

「や、ぁ、あッ、や、カイっ――カイ、やだぁ」

喘《あえ》ぎ声の中に思わずこぼれた拒絶《きょぜつ》の言葉は、自分でも分かるぐらいに羞恥《しゅうち》と快感でぐちゃぐちゃになっている。ひっ、と体を震わせながら、恐《おそ》る恐る視線を下に向ければ、広げた足の間に顔を埋《うず》めていたカイが顔を上げて、ばちりと目が合う。

ぎらりと光るような青金色には、今までに見たことが無い獰猛《どうもう》さがあった。

「痛いか?」

そう言いながら、腿《もも》の内側に唇が押し当てられる。くぐもった声が体の中に響《ひび》いて、どうしようも無い。必死になって首を横に振《ふ》れば、微《かす》かに笑った声でカイが言う。

「言っただろう——なら、やめない」

「あ、ぁ——んッ、あ」

信じられないぐらいに甘ったるい声が口からこぼれた。くちゅり、と音がして生温かく滑《ぬめ》ったそれが、後孔に差し入れられて丹念《たんねん》に、そこを解《ほぐ》すように這《は》っていく。

「ひっ、ぁ、あ——」

体を重ねるということは、相手の体の一部分を内側に受け入れることだ。女性ならば、行為《こうい》の時に相手を受け入れるために濡《ぬ》れる部分がある。しかし、フィンリィは男だ。

では、どうするか。

他《ほか》のもので濡らすしか無い。

単純な論法だが、実際に何をして濡らすのか実践《じっせん》された時は恥ずかしさのあまり気絶しそうになった。自分ですらよく見たことが無いそこに、自分の好きな相手が顔を埋めて、舌と唾液で解している。

二人きりで無ければ、とても受け入れられない行為だ。

何より相手がカイだから、という意識があるからギリギリ耐《た》えられる。他の誰《だれ》か相手になんて絶対に無理だ。こんな無防備に全部を晒《さら》して暴《あば》かれるようなこと。

恥ずかしさに言葉も無いが、フィンリィの羞恥に拍車《はくしゃ》をかけたのは、カイのその行為に快感を体が拾ってしまうことだ。証拠《しょうこ》に先ほど白濁を吐き出した筈《はず》のフィンリィの性器が、緩《ゆる》く頭をもたげている。

そんな自分が恥ずかしくてたまらなくて――それでも、相手を受け入れたくてたまらないから、自ら足を開いたまま時折どうしようもなくなって、泣き言を言いながら施《ほどこ》される愛撫《あいぶ》を受け入れている。

散々、舌と唾液――それからフィンリィがこぼした先走りを使って解された後孔に、つぷりと指が突《つ》き立てられる。

「ひ――っん」

まるで自分から濡らしたようになったそこに、相手の太い指が簡単に埋まっていった。

「あ――ぁ」

「痛くないか？」

「いたく、なぃ――」

温かいものが体の中に入り込んでくる感触《かんしょく》は、奇妙《きみょう》だが痛みは全く感じない。それに相手が安心したように目を細める。

二本、三本。

増やされた指と共に、柔《やわ》らかく後孔が広がっていく。浅く抜《ぬ》き差しをされて、探《さぐ》るように動く指先に、むず痒《がゆ》いようなもどかしさを覚えて、フィンリィは無意識に爪先《つまさき》で宙を蹴《け》った。

「カイ、も――いい、はやく」

フィンリィのそこを触《さわ》っている間、カイのそこは何もしていない。先ほどあんなに硬く猛っていたそれが苦しくない筈が無い。自分ばかりが快楽を受け取っているのがもどかしくて、行為の先を強請《ねだ》ればカイが言う。

「駄目《だめ》だ」

「なんで――も、ぼく、へいき――」

「俺が平気じゃない」

「なにが――ぁ……？」

もうフィンリィは半分、訳が分からなくなっていた。子どものように愚図《ぐず》るフィンリィに、カイが目を細めて言った。

「気持ち良くしてやりたいから、まだ駄目だ」

「も、きもち、いい――」

「もっとだ」

これ以上、気持ち良くされたら頭がおかしくなる。そうフィンリィが訴《うった》えようとしたのと、ずっ、と奥に潜《もぐ》り込んだカイの指がそこに触れたのは同時だった。

「ふぁ、あッ、あ――ッ!?」

今までのじんわりと体に広がる快感と違《ちが》い、びりびりと体中を走り抜けるような強い刺激《しげき》に、悲鳴のような声が出る。それを聞いて、うっすらと微笑《ほほえ》んだのはカイだった。

「ここか」

ぐ、ともう一度、確かめるように指先がそこを叩《たた》くのにフィンリィは体を跳《は》ねさせて言う。

「や、やぁ——ッ、や、やだ、ぁ、あ、ぁ——ぃ」

「ん？」

「や、やだ——カイッ、カイ——！」

突き抜ける快感に頭の中が白くなる。このままでは意識が飛んでしまいそうで、必死になって手を伸《の》ばしながら、フィンリィは訴えかけた。

「カイ、カイ——『家族』に、なるの、ちゃんと——わからない、と、いやだぁ——」

だから、早く。

ぐしゃぐしゃに泣きながら訴えると、カイが微かに息を呑《の》んだ。

ずるり、と指が引き抜かれる刺激にも体が跳ねる。柔らかく解れた後孔が、意思と関係無くひくついたのが分かる。

「——フィンリィ」

入れるぞ、と言う言葉と共に、ぐっと熱を押しつけられたのはすぐだった。

散々に解されたそこに、すんなりと指とは全く違うものが入っていく生々しい感覚に、フィンリィは足を震《ふる》わせた。

「ぁ、あ――あ、あ」

指では届かなかった体の奥まで、じっくりと拓《ひら》かれていく感覚に、あえかな声がこぼれる。

内側がみっしりと埋められていく。

鈍《にぶ》く肉のぶつかる音がして、カイのそれを全《すべ》て受け入れたと分かったのは、どれぐらい時間が経《た》ってからだろう。

「フィンリィ」

名前を呼ぶカイの声も、乱れている。全身がしっとりと濡れたように汗《あせ》をかいていた。呼吸をする度《たび》に、自分の体の中に――自分とは違う熱があることを感じて、幸福感に頭の芯《しん》が痺《しび》れるような感覚に襲《おそ》われる。

何かを堪《こら》えるような顔で、髪《かみ》を乱したカイに向かって、フィンリィは無意識に手を伸ばした。

その手の指を絡《から》めるように握《にぎ》られて、もう一度、名前を呼ばれる。

「フィンリィ」

――本当に良いのか？

最後の最後。意思を問うように見つめる青金色を、不思議な思いで見返してフィンリィは口を開いた。

「……カイ、好き」

良いよ、とそう言ったつもりだったのに。自分の口から、自然とこぼれ落ちた言葉は違うものだった。驚《おどろ》いてフィンリィは目を見開いた。違う、と言おうとして、違うことは無いなと首を傾《かし》げる。ぴったりと重なる体も、受け入れている熱も、何もかもが愛《いと》おしくて好きだと思う。だから——何も躊躇《ちゅうちょ》することは無いのだ。

そう思って、フィンリィはふわりと笑う。

この上無く、幸せそうに。

満ち足りた笑顔《えがお》だった。

カイはしばらく目を見開いてフィンリィの顔を見つめて——それから表情を和《やわ》らげて笑う。

「俺も、愛してる」

その言葉と共に、緩やかな律動が始まった。

「あ……っ、は——あ」

ぐちゅ、と体の中で濡れた音がする。浅く抜き差しをされるごとに、体の中が熱くなっていって堪らない。いつの間にか勃《た》ち上がった自分の性器が、相手の腹筋に擦《こす》れる。

「あ、っ、あ——」

濡れた音が体の中に響いて、堪らない。時折、角度を変えて中を突かれると、先ほど相手が指で探り当てた良いところに触《ふ》れて、甲高《かんだか》い声がこぼれ出る。

ぽた、ぽた、と相手の体から汗が伝って落ちてくる。

「……フィンリィ」

余裕《よゆう》の無い切羽《せっぱ》詰《つ》まった声が呼んで、揺《ゆ》さぶられる間隔《かんかく》がどんどん短くなっていく。

一際《ひときわ》、深く奥まで入り込んで——ばちん、という肉のぶつかる音と共に、体の中に温かいものが満ちていく。カイが荒《あら》い息を吐《は》きながら、体を震わせた。

「ぁ、あ——あ、あ……ッ」

じわじわと濡《ぬ》れた感覚が腹の中に広がっていって、足の爪先から頭の天辺《てっぺん》まで快感が走り抜ける。うっとりとその感覚に浸《ひた》っていると、カイが溜息《ためいき》を吐きながら、ずるりと腰《こし》を引いた。敏感《びんかん》になった体中が、その動きにか細い声を上げる。そんなフィンリィを見下ろしながら、切羽詰まった顔で瞳《ひとみ》をぎらつかせながらカイが言った。

「フィンリィ——悪い」

止まらない、と呟《つぶや》きながらカイが上半身を倒《たお》して、繋《つな》いでいた手が解かれて、カイの手がフィンリィの腰骨のあたりを摑《つか》んだ。思い切り引き寄せられて、硬度《こうど》を取り戻《もど》したカイの熱が、いっそう深く体の中に入り込んでくる。

「あ、あ——……ッ」

いいよ、の言葉の代わりに。フィンリィは小さく息を漏《も》らしながら、相手の背に腕《うで》を回して抱《だ》きついた。

＊＊＊＊

どれぐらい時間が経ったのか分からない。

分かるのは、未《いま》だに相手が繋がって近くにいること。二つが一つに溶《と》けて混じり合ってしまっているような、そんな錯覚《さっかく》にさえ襲われる。

どこもかしこもぐしゃぐしゃに濡れて、よく分からない液体でべたべたで、腹の中は相手が放った温かい熱で満ちている。

「フィンリィ」

喘《あえ》ぎすぎて、掠《かす》れた声しか出て来ない。啄《ついば》むような口づけに、ぼんやりと応《こた》えていると逞《たくま》しい腕に引き寄せられて抱き締《し》められる。

「俺の、だな?」

俺のフィンリィだ。俺だけのフィンだ。誰《だれ》にもやらない。俺が幸せにする。

口づけの合間に落とされる言葉に、体の芯が震えて下肢《かし》に快感が走る。行動で言葉で、全てが満たされていくようだ。気怠《けだる》い腕を精一杯《せいいっぱい》に持ち上げて、フィンリィは褐色《かっしょく》の肌《はだ》へと頬《ほお》を寄せる。

温かさに目を細めて、うっとりと胸の中で言葉を呟く。

僕の、カイ——。

聖獣《せいじゅう》か、どうか。そんなことは関係ない。

フィンリィの横にいてくれる、唯一《ゆいいつ》の『家族』。大事な相手。側《そば》にいたい。幸せにしたい。そう思う。

気持ちが通じたように、いっそう優《やさ》しく相手の唇《くちびる》が、唇に触れて優しい言葉を紡《つむ》ぐ。

「愛してる」

まるで、相手の瞳のようだと思う。

満天の星。深い青色の瞳の中に輝《かがや》いている金色のように、美しくて心震える言葉。耳にその音が落ちた時の喜びを、なんて言い表せば良いのか分からない。

思うのは、たった一つ。

――僕も。

その言葉は胸の中で呟いたのか、口に出して言ったのか分からない。

青金色の瞳が驚いたように見開かれたのを見ながら、フィンリィはそのまま充足《じゅうそく》感と共に、ふっと意識を手放した。眠《ねむ》りに落ちていく中で、朝の気配がいつの間にか寝室《しんしつ》に忍《しの》び込んできていたことを知る。

窓の外。太陽が世界を照らし始めていたが、まだ満天の星が輝いていた。世界を染める暁《あかつき》が、夜の空と混じり合う。二つの色が混じりあって、溶けていく。

やがて、昇《のぼ》った太陽が――新しい朝の訪《おとず》れを告げていた。

第五章

愛すべき者。

第二王子エイヴェリィ・フォーンの誕生日。

王城には華《はな》やかに装《よそお》った貴族たちが詰《つ》めかけ、謁見《えっけん》の間は大勢の人で溢《あふ》れかえっていた。楽団が軽《かろ》やかな音楽を奏《かな》で、祝いの言葉が飛び交《か》う。

玉座の横に用意された椅子《いす》の数は、二つだけだ。

一つは王妃《おうひ》のもの。

もう一つは、今日の主役である第二王子のもの。

第一王子の椅子が用意されていないことを皆《みな》知っていたが、それを咎《とが》める者も気にする者もいなかった。

国王は貴族たちから第二王子に向けられる賛辞に心地《ここち》よく耳を傾《かたむ》け、王妃は無事に成人を迎《むか》えた我が子を誇《ほこ》らしげに見つめ、第二王子は何の疑問も無く祝いの言葉を受け取っていた。

まるで、最初から家族はその三人だけというように、完成された図だった。

今日の祝宴《しゅくえん》を全て手配したのは、宰相《さいしょう》である。

彼は抜《ぬ》かりなく物事が進むように目を配りながら、部下たちに指示を飛ばしていた。やがて、ある時刻が近付いてくると、宰相は謁見の間から外に出て、とある人物の到着《とうちゃく》を待った。その人物が姿を現せば、すぐに分かる。なぜなら避《さ》けるように人波が割れて、潮が引くように人が姿を消すからだ。

しかし、今日のその人——第一王子を避ける様子は尋常《じんじょう》ではなかった。

違和感《いわかん》を覚えた宰相は、姿を現した第一王子の「連れ」を見て、眉《まゆ》を顰《ひそ》めた。

「殿下《でんか》。なぜ、そんなものを王城に——」

「連れて来てはいけない、という決まりは無いでしょう?」

四つ足の獣《けもの》を好む者は、オルシャエルゴにいない。第一王子を除いては。

それをよく理解しているからこそ、第一王子は王城を訪れる時に、己《おのれ》が飼育しているそれを王城に連れてくるような真似《まね》はしなかった。

それをよりにもよって、どうして今日——。

そう思いながら宰相が目を眇《すが》めると、橙色《だいだいいろ》の瞳で第一王子は真っ直《す》ぐに宰相を見返した。

その様子に微《かす》かな違和感を覚えて、宰相は眉を寄せた。

——第一王子の雰囲気《ふんいき》が違《ちが》う。

王城中から嫌《きら》われている第一王子は、足を掬《すく》われないように、常に気を張っていた。橙色の瞳は、常にこちらの考えを窺《うかが》うような警戒心《けいかいしん》に満ちていた。それなのに今日は、それが無い。橙色の瞳は落ち着いていて、感情を窺わせない無表情ではなく、満たされたように穏《おだ》やかな色をしていた。

第一王子としての特権を、全《すべ》て手放して何もかもを失うというのに。この落ち着きぶりと満たされたような顔は何なのだろうか。

そんな第一王子の顔を見て、宰相の頭を過《よ》ぎったのは——人知れず墓地の一画に埋葬《まいそう》をした王弟殿下のことだった。

ただ、狭《せま》い部屋に閉じこめられるだけの生涯《しょうがい》。すっかり冷たくなったその亡骸《なきがら》に、宰相は一応対面していた。もう片方の瞳の色さえ赤褐色《せっかっしょく》であれば。今、玉座に座っている王よりも余程《よほど》賢《かしこ》い王になっただろうと、その才能を密《ひそ》かに惜《お》しんでいた男。

しかし、宰相にとっては先代国王の言葉は絶対だった。

元々、侯爵《こうしゃく》家の血筋とはいえ、レンデルは庶出《しょしゅつ》である。そのために、侯爵家の中で軽んじられていた。そのレンデルの才能を見抜《みぬ》いて、宰相にまで引き立ててくれた先代国王に並々ならぬ恩がある。

橙色の瞳を持つ者など、玉座に座るに値《あたい》しない。

実の息子《むすこ》でさえ幽閉《ゆうへい》する道を選んだ先代国王が生きていれば、間違《まちが》いなく宰相と同じことをしただろうという確信があった。それがたとえ、孫であろうと。

本来ならば生まれてすぐ、瞳の色が判明した時に密かに葬《ほうむ》ってしまえば良かったのだと思う。しかし、王妃が感情的に騒《さわ》ぎ立てたせいで、第一王子に対する関心が集まり過ぎ、却《かえ》って手を下すことが出来なかった。そして、いくら玉座にふさわしくないとはいえ、王族を手にかけるのは気が引けた。先代国王も、実の息子を手にかけるまではしなかった。

だからこそ、宰相は準備を整えて、第一王子から全てを取り上げる日を待っていたのである。

先代国王が目指していた統治を引き継《つ》ぎ、それを実現していけるのは己しかいないのだから。

正直、純粋《じゅんすい》に能力だけを見るのならば第一王子の方が第二王子より適している。しかし、瞳《ひとみ》の色が違うのだから仕方がない。

そんな惜しむ気持ちが無いと言えば嘘《うそ》になる。

つまらない感傷を押し殺すようにして、宰相は言う。

「――まさか、その獣を連れて謁見の間に？」

「共に行くことが許されないのなら、私は謁見の間に行きません」

はっきりと告げられる言葉に、宰相は一瞬《いっしゅん》息を呑《の》む。有無《うむ》を言わせぬ、主張を通す強さがあった。まだ幼い頃《ころ》に、足下《あしもと》にいる獣を飼うために、拙《つたな》いながら法を根拠《こんきょ》に拒否《きょひ》を言い立てたような感情的なものではない。断固として、意志を押し通す強さ。それは、以前の相手には持ち得ないものだった。

――なんだ、これは。

顔を合わせなかったのは、たった一月足らずのことだ。

その間に、この王子にどんな心境の変化があったのか。

第一王子の変貌《へんぼう》に戸惑《とまど》いながら、宰相は判断しかねて口を噤《つぐ》む。第一王子がこれから何をするつもりなのか考えることもせず、国王や王妃――それから一部の貴族は謁見の間に獣を引き入れたことへの批判を集中させるだろう。そんな混乱の中で、「クレイド」の名前の返上と、王位継承《けいしょう》権の放棄《ほうき》が恙《つつが》なく終わるとは思えない。

足下の獣を離宮《りきゅう》に置いてくるように、と。

そう口を開くよりも先に、宰相に向けて第一王子が言った。

「私は一人では謁見の間に入りません。この者が共に行けないというのなら、『クレイド』の名前の返上も、王位継承権の放棄も行いません」

きっぱりと告げる言葉には揺《ゆ》るぎがない。

内心を見透《みす》かされていることに、宰相は思わず歯軋《はぎし》りをした。

そして、やはり惜しいと思う。これで、瞳の色さえ赤褐色であれば――先代国王に劣《おと》らぬ器量の王になっただろうに、と。

結局、折れたのは宰相だった。

主要な貴族を除いて、余興の楽団などを謁見の間の隣《となり》にある大広間に移すように指示を出す。

急遽《きゅうきょ》の変更《へんこう》に慌《あわ》ただしく動き出す文官たちや使用人たちの動きを見つめる宰相に、第一王子が静かな声で言う。

「――叔父上《おじうえ》は、健在ですか？　宰相」

その言葉に一瞬だけ、墓所に葬った亡骸が頭を過ぎる。

しかし、表情を変えないまま淡々《たんたん》と宰相は第一王子に答えた。

「後で、医者に確認《かくにん》しておきます」

第二王子の誕生日という慶事《けいじ》の前に、王弟の死は相応《ふさわ》しくない。全てが片づくまで伏《ふ》せておくべきだ。そう判断をしたのは、第一王子の父親である国王だ。宰相は、あくまで提案をしただけである。

だから、全てが明るみに出た時も、宰相は国王の言葉に従っただけだと言い張ることが出来る。それが宰相としての務めなのだから。

宰相の言葉を聞いた第一王子は、ふっと橙色の瞳を細めた。その足下で、まるで第一王子を慰《なぐさ》めるように白銀の獣が鳴き声を上げてまとわりついている。

残念そうな、寂《さび》しそうな顔をしながら――第一王子は、宰相の言葉を受けて呟《つぶや》いた。

「――そうですか、宰相」

＊＊＊＊

エイヴェリィの心は弾《はず》んでいた。

いよいよ自分こそが「クレイド」の名前と王位継承権を与《あた》えられるのだ、という確信に胸が沸《わ》き立っていた。

エイヴェリィは、兄のことが嫌いだ。あの薄気味《うすきみ》悪い橙色の瞳も、感情を欠片《かけら》も窺《うかが》わせない無表情も。第一王子という立場に生まれただけで、「クレイド」の名と王位継承権を持っていることも、何もかも気に食わなかった。

そもそも、この国で兄のことを好いている者などいないだろう。

王妃《おうひ》である母も、兄のことなど忘れたように振《ふ》る舞《ま》い、エイヴェリィにだけひたすら愛情を傾《かたむ》けてくれている。侍従《じじゅう》や侍女、それから大学の講師たちも、エイヴェリィにはとびきり甘い。なぜなら、エイヴェリィは母が名付けた通り「愛すべき者」だからだ。

それなのに、あの兄と来たら——。

仮にも王族の端《はし》くれであるというのに、四つ足の獣など飼って恥《は》ずかしいと言ったら無い。あんな気味の悪い者が、自分の兄だなんて恥ずかしい。

母である王妃も、同じ考えに違いなかった。

王位に就《つ》く日が来たら、兄はどこか辺境に追いやってしまおうと、エイヴェリィは心に決めていた。日頃は離宮に暮らしているとはいえ、その存在が目に入るだけでも虫酸《むしず》が走る。望み通り、あの四つ足の獣と共に、どこでも好きなところで暮らせば良い。

口うるさい宰相《さいしょう》も、自分が王位に就く時には、さすがに亡《な》くなっているだろう。そうすれば、エイヴェリィの意思を阻《はば》む者などいなくなる。

その日の事を夢想しながら、祝いの言葉を存分に浴びて良い気分の前に現れた兄は——せっかくの自分のための祝宴《しゅくえん》に、四つ足の白銀の獣を連れて来ていた。

「俺への嫌《いや》がらせですか、兄上!」

思わず椅子《いす》から立ち上がって、怒号《どごう》を上げる。

その怒鳴り声にも、兄は顔色一つ変えなかった。ただ、その足下にいる獣が軽蔑《けいべつ》するような視線を向けてくる。

──獣《けだもの》の癖《くせ》に、生意気な。

そんな思いと共に、すぐに目の前から兄と獣《けもの》を追い出すように命を下そうとしたところで、顔なじみの文官が駆《か》け寄って来た。国王の横では、宰相が小声で言葉を交《か》わしている。

怒《いか》りに震《ふる》えて顔を蒼白《そうはく》にする王妃に何事か囁《ささや》いた文官は、そのままエイヴェリィに耳打ちをした。「クレイド」の名前を返上させ、王位継承権を放棄させるまでの辛抱《しんぼう》だ、と。

それさえ終われば、兄は用済みだ。すぐに追い出してしまうと言われて、立腹しながら渋々《しぶしぶ》と頷《うなず》く。先ほどよりも数を減らした貴族たちも、現れた兄へ露骨《ろこつ》な嫌悪《けんお》の視線を向け、その足下の獣には更《さら》に汚《きたな》いものでも見るかのような目を向けていた。

──やはり、四つ足の獣など、さっさと追い出してしまおう。

お前は、ただの第二王子だ。

そんな風に冷え冷えとした口調で告げた兄の声を思い出しただけで、頭に血が上る。屈辱《くつじょく》に腹が煮《に》えてたまらなくなる。失神したこちらを顧《かえり》みることもなく、兄がその場を立ち去ったと聞いた時、あまりのことに頭の中が真っ白になった。さらに面白《おもしろ》くないことに、その後に宰相からの提言で、今までの学習の遅《おく》れを取り戻《もど》せと、大学で勉強漬《づ》けの日々を送らされた。エイヴェリィの頭に詰《つ》め込まれた学問は、既《すで》に兄が学び尽《つ》くしたものばかりだと聞かされた時は、いっそう腹が立った。

──獣以外に相手にされないから、勉学ぐらいしかやることが無かったのだろう。

およそ、同じ人間とは思えない。気味が悪い。有らん限りの罵詈《ばり》雑言《ぞうごん》を頭の中で渦巻《うずま》かせるエイヴェリィの目の前に立った兄は、どこまでも静かだった。黒い髪《かみ》。肌《はだ》は白く、顔立ちだけは整っている。しかし、やはり瞳の色が生理的嫌悪感を煽《あお》る。

「申し上げます」

今日の主役であるエイヴェリィのことなど、目にも入れず――。淡々と兄が紡《つむ》ぐ言葉が謁見《えっけん》の間に響《ひび》いた。

これから第一王子が何を言うかなど、皆《みな》が知っている。

「私は『クレイド』の名前を返上し、王位継承権を放棄すると共に――『フォーン』の姓《せい》を捨てることを、ここに誓《ちか》います」


「……は？」

兄の唇《くちびる》から紡がれた言葉の前半は予想通りのものだった。しかし、問題なのは後半である。

「クレイド」の名前の返上と、王位継承権の放棄。即《すなわ》ち、新しい後継者の誕生に沸き立つ筈《はず》の謁見の間には、戸惑ったようなどよめきが走った。

――この兄は、どこまでも俺の邪魔《じゃま》をする。

喝采《かっさい》と歓声《かんせい》に自分が包まれる中、とぼとぼと退却《たいきゃく》する兄を思い描《えが》いていたというのに、その想像の通りにならないことにエイヴェリィが癇癪《かんしゃく》を爆発《ばくはつ》させた。

「妙《みょう》なことを言って場をかき乱すのは止《や》めてはいかがですか、兄上！『フォーン』の姓を捨てて、どうしようと言うのです？　貴方《あなた》のことなど、どの家も引き取ってはくれませんよ！」

　王族の姓まで捨ててしまえば、目の前の兄には本当に価値が無い。誰《だれ》にも相手にされぬまま孤独《こどく》に暮らすのがせいぜいだ。嘲笑《ちょうしょう》じみたエイヴェリィの声に、成り行きを見守っていた貴族たちの席から、賛同するようなざわめきが起こる。

　それに気を良くして、エイヴェリィは言った。

「ああ、ようやく自分が王族として相応しくないことに気が付いたのですか？　それは感心な心がけですね！」

　――実際に姓を捨てることなど、出来ないくせに。

　そんな嘲《あざけ》りを込めた言葉に対しても、兄はエイヴェリィに一瞥《いちべつ》をくれただけで、視線を宰相と国王に向ける。お前では話にならない。そう言外に示す相手に、更に頭に血を上らせれば、兄が静かな声で言う。

「貴方たちと『家族』でいることを、私は今日でやめることにします」

　淡々と紡がれた言葉に、沈黙《ちんもく》が走る。

　なんだ、これは。まるで、こちらが捨てたのではなく、あちらが自分たちを捨てたとでもいうような、そんな口振《くちぶ》りではないか。

「殿下《でんか》――何を仰《おっしゃ》っておいでですか？」

　口を開いたのは宰相だった。

「慣れない人前で緊張《きんちょう》されておいでですね？　それで妙なことを口走っておいでなのでしょう。

もう休まれた方がよろしいかと」

「いいえ、私は正気です。私は、私の意思で、父と母と弟と――縁《えん》を切ることにします」

宰相の言葉を遮《さえぎ》って、相変わらず兄は淡々《たんたん》と言葉を紡いだ。

――王族の姓を捨てる？

オルシャエルゴの者には皆、姓がある。降嫁《こうか》したり養子に出されたりする以外に、姓を捨てる者などいない。そんな前例は、この国には存在しない。姓を捨てるということは、オルシャエルゴの者であるということをやめるという意味さえ含《ふく》むのではないか？　そんな者がいるのか？　偉大《いだい》な先祖が築き上げたこの地上の楽園から、自ら飛び出して行くことを望むような愚《おろ》か者が。この世のどこにいるというのか。

そんなエイヴェリィの混乱など知る由《よし》もなく、表情を崩《くず》さないまま兄の言葉だけが続く。

「私は他《ほか》に、大切にすべき生涯《しょうがい》を共にすべき『家族』を得ました。――命を与えて、この世に生み出してくださったことには、感謝します。けれど、私と貴方たちは、それだけだ」

そう言って、兄はふと微笑《ほほえ》んだ。生理的嫌悪感を抱《いだ》かせる橙色《だいだいいろ》の瞳《ひとみ》。しかし、それを凌駕《りょうが》するほど――その笑《え》みは、儚《はかな》く美しかった。兄の唇が静かに問いを発する。

「――貴方たちは、私の名前を呼べますか？」

しん、と沈黙が落ちる。

エイヴェリィは硬直《こうちょく》したまま、瞬《まばた》きをする。

——兄の、名前？

そんなものは聞いたことが無い。大抵《たいてい》の公式行事を兄は欠席していた。そもそも、父と母が兄の名前を呼んでいるところなど見たことが無い。呼ばれるのはいつだってエイヴェリィで、エイヴェリィこそが呼ぶに値《あたい》する者だ。

——兄の名前は、何というのだろう。

そんな疑問が頭を過ぎったのと同時に、兄の足下にいた白銀の獣が、しなやかに足を踏《ふ》み出して——床《ゆか》を蹴《け》った。

何が起こったのか理解するのに、しばらく沈黙が走る。それから大きな悲鳴が上がったのは、躍《おど》り出た白銀の獣が、発光と共に姿を大きく変えたからだ。

隣《となり》の椅子に座っていた母が絶叫《ぜっきょう》して、エイヴェリィを庇《かば》うように、縋《すが》るように転がり込んでくる。その母を受け止め損《そこ》ねて、エイヴェリィは椅子ごともんどりうって倒《たお》れた。

そんな母親を押しのけて、逃《に》げようと床の上でもがくと、母親が服の裾《すそ》を摑《つか》んで金切り声を上げる。

「エイヴ！　母を置いていくのですか!!　早く、早く連れて行って——！」

冗談《じょうだん》ではない。母を連れてのろのろと移動していたら、あっという間に、あの獣に捕《つか》まってしまうかも知れないではないか。母の手を引き剝《は》がそうともがくエイヴェリィの視界の端《はし》で、貴族たちが悲鳴を上げて我先《われさき》にと逃げ出していく。

一際《ひときわ》情けない悲鳴と共に、何かが床に倒れる音がした。

目を向ければ、父親が襟首《えりくび》をくわえられて、玉座から引きずりおろされたところだった。無様に床に転がる父親に見向きもせず、玉座に両足をかけた獣は、上を向いて轟《とどろ》くような声で咆《ほう》哮《こう》を上げた。

何かが砕《くだ》けるような音がする。

——それが、二百年前に偉大な英雄《えいゆう》にして初代国王クレイド・フォーン・オルシャエルゴが築き上げた、地上の楽園の最後の時だった。

＊＊＊＊

逃げ惑《まど》う貴族たちの悲鳴や、玉座の横で情けなく腰《こし》を抜《ぬ》かす王族たちの様子など目に入らないぐらい——それは、息を呑《の》むほど美しい光景だった。

美しい白銀の獣。

毛並みの下にある、しなやかに盛り上がった筋肉が隆起《りゅうき》している。その背中が反らされて、天に対して大きく吼《ほ》えた。

轟いた咆哮に、硝子《ガラス》が砕けたような音がする。微《かす》かに風が巻き起こったような気がしてフィ

ンリィは瞬きをした。途端《とたん》に、袖《そで》がもぞりと動いて、忍《しの》ばせていた野鼠《のねずみ》が顔を出す。

「大丈夫《だいじょうぶ》？」

前は近寄っただけで気を失うほど疲労困憊《ひろうこんぱい》したという謁見の間のど真ん中だ。気遣《きづか》う声をかければ、小さく鳴いた野鼠は、するりとフィンリィの服の袖から抜け出して床に着地した。そのまま少年の姿を取って満面の笑みを向ける。

「結界が解けました！　留《とど》まっていた陰《いん》の気が、散っています！　これなら、皆無事にここまでやって来れます！」

喜びに跳《は》ねるように告げる少年の言葉に、フィンリィは安堵《あんど》の息を吐《つ》いた。

貴族たちはおろか、侍従《じじゅう》や侍女——衛兵さえも逃げ出してしまったらしい。謁見の間に残っているのは、情けなくも玉座から引きずりおろされて腰を抜かした国王と、椅子《いす》を蹴倒《けたお》して息子にすがりつく王妃《おうひ》と、その王妃を引き剥がして逃げようとする弟と——事の成り行きを唖然《あぜん》と見守る宰相《さいしょう》だけだった。

カイは相変わらず獣《けもの》姿のまま、じろりとそれらの者たちを睥睨《へいげい》する。

それと共に、玉座が奇妙《きみょう》な音を立て始めた。ぴしぴしと、乾《かわ》いた音を立てて、背もたれがひび割れる。肘掛《ひじか》けが崩れ、台座からぼろぼろと破片《はへん》が落ちていく。

代々、国王に引き継《つ》がれる玉座。

その無惨《むざん》な姿に絶叫したのは、国王ではなく宰相だった。

「マティニア様の玉座が！」

痩《や》せた老人が玉座に向かって、目を血走らせながら走り出す。いつもの冷静沈着《ちんちゃく》さはどこかへ消え失《う》せていた。宰相が口にしたのは、現国王であるフィンリィの父の名ではなく——先代国王である祖父の名前だった。

そこで、ようやくフィンリィは宰相の忠信の在《あ》り処《か》を悟《さと》る。

初代国王に対してでもなく、法に対してでもなく——先代国王ただ一人に向けられたものだったのだと。だから、初代国王の法に背《そむ》いてもフィンリィから「クレイド」の名を取り上げようとしたのかと納得《なっとく》がいった。

祖父が、実の息子《むすこ》に対してそれを強《し》いたからだ。

それが宰相にとっての正しさなのだろう。

獣姿のカイに臆《おく》することなく——いや、もうカイの姿など見えていないらしい。玉座に縋るようにして、必死にその形を留めようとする宰相の意に反して、玉座の崩壊《ほうかい》は止まらなかった。やがて完全に崩れ落ちた玉座の欠片《かけら》をかき集めるのに必死な宰相の様子は、何とも言えず哀《あわ》れだった。

「見て下さい!!　聖獣《せいじゅう》様の指輪です!!」

宰相の動きに気を取られていたフィンリィを、野鼠の少年が現実に引き戻《もど》す。

立派な玉座の痕跡《こんせき》が残るだけになったそこに、いつの間にか——光り輝《かがや》く何かが浮《う》いていた。

発光と共に人の姿を取ったカイは、その光に躊躇《ちゅうちょ》無く手を伸《の》ばした。やがて発光が収まると、カイの左手の小指には——金色に輝く指輪がはまっていた。

「な、何者だ、お前は——!!」

カイが人の姿を取ったのを見て、ようやく口が利《き》けるようになったらしい。床にへたり込んだまま誰何《すいか》する国王に、冷たく視線を向けてカイが言う。

「この大陸の統治者だ。ダルネラを返して貰《もら》おう」

その言葉に、父親の口がぽかんと開く。何を言われたのか理解出来なかったのだろう。カイの言葉に反応したのは、錯乱状態の王妃をなんとか振《ふ》り払《はら》おうとする弟だった。

「お前——まさか、魔獣《まじゅう》か!?」

そんな声にカイは視線もくれない。反応の無い相手に痺《しび》れを切らしたのか、弟のエイヴェリィの視線はフィンリィに向けられた。

「兄上! 魔獣と通じるなんて!! それでもクレイド・フォーン・オルシャエルゴの血を引く人間か!? 王族の誇《ほこ》りは無いのか、この裏切り者!!」

感情任せに罵《ののし》るエイヴェリィの声に釣《つ》られたように、髪《かみ》を振り乱した王妃が目を見開いてフィンリィを見つめた。

そのまま王妃が大声で叫ぶ。

「だから、こんな子——! わたくしは産みたくないと。そう言ったのに!! 陛下が産めと言うから産んだというのに——!!」

責任の矛先《ほこさき》を向けられて、国王が床にへたり込んだまま言う。

「知らん!! 産んだのは、お前だ! クレイド・フォーン・オルシャエルゴの血を引く私だぞ！　その子どもを不出来に産んだのは、お前だ‼　お前の産み方が悪かったんだ！」

口汚《くちぎたな》く責任の所在を擦《なす》り付けあう国王と王妃の様子に、フィンリィの心は不思議なぐらい動かなかった。

驚《おどろ》くほどに体が軽い。

クレイドの名前を返して、フォーンの姓《せい》も捨てた今、残っているのはフィンリィという名前だけだ。

以前はあれほど頭に響《ひび》いて、心が揺《ゆ》れたというのに――目の前の光景を見て抱《いだ》くのは微かな哀れみだった。

立派な衣服に身を包み、豪華《ごうか》な装飾品《そうしょく》で着飾《きかざ》り、満ち足りた体格をしているというのに。

狭《せま》く暗い部屋に閉じ込められたまま、ひっそりと息を引き取った名付け親に比べて、間違《まちが》いなく自分と血を分けた人たちは――全く幸せそうに見えなかった。

――本当に、ただ産んでもらっただけだった。

それ以上の関係は何も無い。

そんな心の整理が、ようやくついた。二十年もかけて、ようやく。

フィンリィが名前を呼べるかと問いかけた時、国王も王妃も弟もぽかんとした顔をして、誰《だれ》も名前を思い出せないようだった。

二十年前に名付けただけの子どものことを、ずっと覚えていてくれた人もいるというのに。

――本当に、何も無かったのだ。

その事実をようやく受け入れられるようになったのは、見えないけれど確かに注がれた愛情があったと知ったからだ。

そして、何より「家族」が出来たからだ。

これ以上無いぐらい、大切で、大好きな、唯一《ゆいいつ》の相手が。

延々と続く国王と王妃の罵り合いを制したのは、その「家族」の鋭《するど》い一言だった。


「黙《だま》っていろ、耳障《みみざわ》りだ」


フィンリィには向けられたことの無い威圧《いあつ》を含《ふく》んだ声に、国王と王妃の言い争いがぴたりと止まる。エイヴェリィは、憎悪《ぞうお》にぎらぎらと燃えた赤褐色《せっかっしょく》の瞳《ひとみ》をフィンリィに向けていた。

そんな国王一家に、カイが言う。

「この土地は神が人間に追われた動物たちに与《あた》えたものだ。その土地を統治するために、俺は遣わされた。──その土地を不当に奪《うば》ったのは、お前たちの先祖だ。俺の眷属《けんぞく》たちを、カリヨン族などと勝手に名前を付けて、不当に使役《しえき》していたのはお前たちだ。俺は土地を統《す》べる者として、全《すべ》てを元に戻すだけだ」

有無《うむ》を言わせず決定事項《じこう》を告げるカイの迫力《はくりょく》に、呑《の》まれたように国王が顔色を無くした。国王の視線が縋《すが》るように見たのは、いつも困難や面倒《めんどう》ごとを一手に引き受けてくれた宰相である。

しかし、その宰相は壊《こわ》れた玉座の破片をかき集めて、先代国王の名前を譫言《うわごと》のように呟《つぶや》くばかりだ。

顔色を無くしたまま黙り込む国王に代わって、王妃が悲鳴を上げた。

「元に戻す⁉　わたくしたちをどうするつもりなの、この獣《けだもの》‼」

青金色の瞳が、睥睨する。

「安心しろ。命は保証する。ただ、他の大陸に移ってもらうだけだ。この大陸に足を踏《ふ》み入れることは、二度と許さない」

「なんですって⁉」

顔色を変えた王妃が、有らん限りの罵《ば》詈《り》雑言《ぞうごん》をカイに向かって放つ。なぜわたくしがそのような目に遭《あ》わなければならないのか、と。口角泡《あわ》を飛ばして叫《さけ》ぶ王妃に、いつもなら慰《なぐさ》めの言葉をかける侍女も、落ち着くように助言をする侍従も、逃《に》げ去ってしまって残っていない。

この大陸を追い出されれば、一族に待っているのは放浪《ほうろう》の日々であることは、さすがに国王とエイヴェリィにも分かったらしい。王妃の感情的な罵りに乗じて、その二人までもが声高《こわだか》に自分たちの権利について語り始めた。

顔色を変えて訴《うった》える国王一家の主張が止まったのは、謁見《えっけん》の間の床《ゆか》が微《かす》かに揺れたからだった。何かが、近付いてきている。

どどどどど、という低い地鳴りのような音が、どんどんと大きくなりながら近付いてきている。

開け放たれたままの謁見の間に、最初に姿を見せたのは——鼠や栗鼠《りす》、兎《うさぎ》や鼬《いたち》——それから猫《ねこ》や犬といった動物たちだった。

それを見た王妃が悲鳴を上げて床を転がり、国王も壁際《かべぎわ》まで下がった。エイヴェリィは嫌悪《けんお》の感情を隠《かく》すことなく、とっくに逃げ去ってしまった衛兵たちに動物たちを追い払うよう指示を出している。

どこまでも現実を認めない——そして、自分では何もしようとしない国王一家の様子を、何とも言えない気分で見つめていたフィンリィに声をかけたのはカイだった。

「フィンリィ、おいで」

そう言って腕《うで》を広げられるのに、おずおずと近寄れば、焦《じ》れたように腕の中に抱《だ》き締《し》められる。一緒《いっしょ》にいた鼠《ねずみ》の眷属である少年は、野鼠の姿に戻ると、駆《か》けつけた眷属たちの中に紛《まぎ》れてしまった。図鑑《ずかん》でしか見たことの無い動物が、次から次へと現れる。今度は中型、そして大型のものまで。図鑑に載《の》っていない動物たちもかなり多くが謁見の間に詰《つ》めかけて、入り口を塞《ふさ》いでいた。

広間を埋《う》め尽《つ》くす動物の群れ。

それらが居並んで頭《こうべ》を垂れる様子は壮観《そうかん》だった。

やがて、見慣れた黒犬——犬の眷属の長《おさ》たるユリウスが、玉座の痕《あと》に立つカイの前に進み出て、一度伏《ふ》せてから——発光と共に人の姿を取った。

それに倣《なら》って眷属たちが、次々に人へと姿を変えていく。

整然と居並ぶ眷属たちは、頭を垂れて大陸の統治者の帰還《きかん》を祝っていた。

「よくぞ、お帰り下さいました。聖獣様」

ユリウスの朗々とした声を、眷属たちが唱和する。

「お帰り下さいました、聖獣様」

小さな声、大きな声。低い声、高い声。喜びの声、感涙《かんるい》の啜《すす》り泣き。それら全てが混ざり合って向けられる帰還を祝う言葉に、謁見の間が揺れたような錯覚《さっかく》に襲《おそ》われる。

今更《いまさら》ながら、聖獣という立場と、それに付き従う眷属たちの様子に圧倒《あっとう》されてフィンリィは言葉を無くした。

そんなフィンリィの体を後ろから抱いたまま、カイは聖獣としての言葉を放つ。

「長いこと留守にして、皆《みな》の者には苦労をかけた。今日から、また、この地を統治していく。よろしく頼《たの》む」

その言葉に、喜びの声が上がった。聖獣の帰還に眷属たちが沸《わ》き立つ中、カイは淡々《たんたん》と言葉を紡《つむ》ぐ。

「人間たちの処遇《しょぐう》については？」

その言葉に答えたのは、ユリウスだった。

「指示にありました通り、沿岸に船を用意してあります。海獣の眷属たちが、それを引いて他の大陸へ彼《か》の者たちを運ぶ手筈《てはず》です」

その言葉にカイが頷《うなず》くのと同時に、ユリウスの背後に進み出た者たちがいた。

他の眷属の長たちらしい。次々と帰還を祝う言葉を述べながら、彼らが目をやったのは――

カイの腕の中に収まっているフィンリィである。

「……聖獣《せいじゅう》様、申し上げます。ユリウスから聞き及《およ》んでおりましたが、『家族』に人間を迎《むか》えるというのは誠《まこと》でございますか？」

「どうか、お考え直しを」

「聖獣様を陥《おとしい》れたのが誰《だれ》なのか、忘れた訳では無いでしょう」

「その者が聖獣様を手助けしたこと聞いてはおります。情けをかけて、この大陸に留《とど》まるのを許すのは分かります。しかし、御身《おんみ》の『家族』となりますと――」

口々に述べられる反対の言葉に、興奮で沸き立っていた謁見の間が徐々《じょじょ》に静まり返っていく。

一通り主張を聞いたカイは、平静な顔で言った。

「『家族』に迎える、というのは間違いだな」

その言葉に、進言をして来た者たちの顔にほっとしたような安堵《あんど》が広がる。しかし、それはカイが続けた言葉で長く続かなかった。

「もう『家族』だ。――離《はな》れたら、俺が生きていけない」

さらりと付け加えられた言葉はフィンリィに向けられたものだった。フィンリィを抱き込む腕に力が込められる。その様子を見て、謁見の間に広がったのは動揺《どうよう》したどよめきだった。

「なんたる短慮《たんりょ》だ――！」

「聖獣様ともあろう御方《おかた》が――」

「なぜ、そのような者を――」

咎《とが》める長たちを途中《とちゅう》で止めて、カイが言う。

「二百年前に、この地が人間たちの手に落ちたのは俺の軽率《けいそつ》な判断が原因だ」

「いえ、しかしッ」

「あれは、聖獣様のご慈悲《じひ》を利用した人間たちが悪いのです！」

「人間たちの策略で二百年の間、お前たちに苦役《くえき》を与えたことは詫《わ》びよう。──しかし、確かに俺を直接陥れたのは人間たちだが、俺を陥れようとしたのは人間たちばかりでは無い」

カイから発せられた謎《なぞ》かけのような言葉に、訝《いぶか》しげな沈黙《ちんもく》が広がっていく。

動いたのはユリウスだった。

未《いま》だに、祖父の名を呟きながら玉座の残骸《ざんがい》に縋り付く宰相《さいしょう》に近寄ると、その体を瓦礫《がれき》から引き剥《は》がした。その瓦礫の山に向かって、カイが手を上げる。

「二百年前──行方《ゆくえ》不明になったのは、蝙蝠《こうもり》の長のハーレンだったな？」

カイが指を鳴らした途端《とたん》に、瓦礫の山は──黒々とした巨大《きょだい》な物体に変わった。悲鳴を上げたのは、先ほどまで瓦礫に取り縋っていた宰相だった。そして、長年、玉座に腰《こし》掛けていた国王である。

黒々とした巨大な物体──それは、巨大な翼《つばさ》を持つ漆黒《しっこく》の蝙蝠だった。

身動きが出来ないのか、ひくひくと体を震《ふる》わせている。

その姿にどよめきが上がり、それから誰《だれ》ともなく、ざわりと謁見の間に集《つど》っていた眷属たちが距離《きょり》を置くように身を引いたのが分かった。

「――？」


気絶しているのなら、またフィンリィが触《ふ》れてやれば意識を取り戻《もど》すのではないだろうか。

そんな思いでカイを見上げて、フィンリィは息を呑《の》んだ。

行方不明だった蝙蝠の眷属の長。

それに向けるカイの瞳《ひとみ》が、とても冷ややかだったからだ。

「――カイ？」

不安になって小さく呼びかければ、フィンリィに視線を落としたカイが微笑《ほほえ》んで、額に口づけを落としてきた。

ユリウスは警戒《けいかい》するような目つきをして、巨大な蝙蝠から距離を取ったまま身構えている。

やがて痙攣《けいれん》していた蝙蝠が動きを止めて、暗い紫《むらさき》の光と共に――姿を変えた。

長い髪《かみ》をした青白い顔の男が、よろめきながら顔を上げる。

「久しぶりだな、ハーレン」

呼びかけに、はっと顔を上げた男は、恍惚《こうこつ》の表情を浮《う》かべた。その瞳は、息を呑むほど真っ赤な色をしていた。

「ああ――聖獣様！　私を救い出してくれたのですね！」

感極《かんきわ》まったように両手を広げながらカイの方に足を踏み出す男――ハーレンとの間に割って入ったのは、ユリウスだった。

「――聖獣様に近寄るな、ハーレン」

低い威嚇《いかく》の声にフィンリィは驚《おどろ》いた。ユリウスから手厳しい言葉を何度か受けていたが、これほど敵意に満ちた声は聞いたことがない。そして、それが長年、行方不明になっていた仲間である眷属《けんぞく》に向けられている事実が更《さら》に驚きを呼んだ。

ユリウスの言葉に、ハーレンは不愉快《ふゆかい》そうに顔を歪《ゆが》めた。

「なんだ、ユリウス！　聖獣様と私の間に入るな！」

敵愾心《てきがいしん》丸出しで叫《さけ》ぶハーレンの様子に、フィンリィは戸惑《とまど》った。他《ほか》の眷属たちが聖獣に向ける感情とハーレンが聖獣に向ける感情が、明らかに一線を画しているのが分かる。

赤い瞳をぎらつかせながら叫ぶハーレンの言葉に、ユリウスは一歩も引かなかった。そして、そのまま低い声で言う。

「オルシャエルゴの一族をこの大陸まで導いてきたのはお前だったな」

「――？　それがなんだ？　聖獣様は慈悲の御方だ。同じ種族の者たちにすら見捨てられた哀《あわ》れな一族を放《ほう》ってはおけないだろうと、声をかけただけだ」

「お前が彼《か》の者たちを引き入れたために、この二百年――大陸がどんな有様だったか知っているか？」

「二百年!?」

過ぎ去った年月に、ハーレンが仰天《ぎょうてん》したような声を上げて周囲を見回した。眷属たちは、今やそれと分かるほど、はっきりとハーレンから距離を取っている。その様子にフィンリィは違《い》和感《わかん》を覚えた。

仮にも眷属の長《おさ》だった者である。彼を慕《した》う者は、いくらでもいるだろうに――。同じ種族の者たちが駆け寄る様子も、他の長たちが再会に喜びながら近寄る様子もない。

まるで、過去のフィンリィを見ているかのような周囲の反応だった。

遠巻きにされ、不気味な者を見るような目を向けられている。

しかし、当の本人はそんなことにまるで気付いていないようだった。彼が見ているのは、ひたすら聖獣であるカイだけだった。

「ああ――そんなに長い間、貴方《あなた》のお側《そば》を離れることになるなんて！　大変、申し訳ございません、聖獣様！　私の不在でさぞかし、お寂《さび》しい想《おも》いをされたことでしょう」

陶酔《とうすい》したように言いながら、両手を広げるハーレンの瞳に、ようやくカイの腕《うで》の中に収まっているフィンリィの姿が映ったようだった。

途端ハーレンの顔から表情が抜《ぬ》け落ちる。

「――聖獣様、その者は何ですか？」

それに答えるカイの声は、平静だった。

「俺の『家族』だ」

そう言ってフィンリィを抱《だ》き締《し》める腕に力を込める。

途端に、ハーレンの纏《まと》う雰囲気《ふんいき》が変わった。憎《にく》しみを込めてぎっと赤い瞳が自分を睨《にら》みつけるのに、フィンリィは思わず息を止めた。

漏《も》れ聞こえる話で、行方不明になった蝙蝠の眷属の長が、聖獣を崇拝《すうはい》していたことは知っていた。しかし、これは崇拝の領域をはるかに超《こ》えている。どちらかというと、恋慕《れんぼ》だ。それも、熱烈《ねつれつ》で劇的で――他者を顧《かえり》みない類の。

「――『家族』？」

その言葉に、顔を蒼白《そうはく》にした男が体を震わせる。それからひきつったような声を上げて笑い出した。

「ご冗談《じょうだん》を、聖獣様？　貴方に、『家族』なんて――そんな」

「自分がなる筈《はず》だったのに、どうして他の者が俺の『家族』になっているのか？」

カイが告げる言葉に、ハーレンが顔をひきつらせて硬直《こうちょく》した。そんなハーレンの前に、ユリウスが再び立ち塞《ふさ》がるようにして言う。

「道理で結界が強力なわけだ。指輪の威力《いりょく》が、元々は眷属であったお前を媒介《ばいかい》にして歪められていたのだから――お前は一体なにを考えている！　クレイド・フォーン・オルシャエルゴと馬鹿《ばか》な契約《けいやく》をして、聖獣様を陥れて、眷属たちはおろか守るべき動物たちまでも危険に晒《さら》して！　正気か、ハーレン！」

最後の方は堪《こら》えきれなくなったようにユリウスが怒鳴《どな》った。

その怒鳴り声に、ハーレンが真っ赤な目に怒《いか》りをたぎらせたままユリウスを睨みつける。

「何を証拠《しょうこ》にそんなことを!?　確かに私が人間たちをこの地に招いたのは事実だが、契約など

——馬鹿馬鹿しい！　そんなことを私がすると思うのか！」

「だったら、その陰《いん》の気は何だ!!」

ユリウスの吠《ほ》えるような怒鳴り声が、謁見《えっけん》の間に響《ひび》き渡《わた》った。

——陰の気？

フィンリィは瞬《まばた》きをした。愛の神に遣《つか》わされた聖獣《せいじゅう》は、体に陽の気を宿している。それは眷属も同じだ。だから、無意識にフィンリィの体から漏れ出る陽の気を心地《ここち》よく感じ、陰の気に晒されても回復することが出来る。

眷属の長たるハーレンの体に陰の気が満ちている、というのは理屈《りくつ》に合わない。

「分かっていないのか、ハーレン！　お前の体は今、禍々《まがまが》しいほど陰の気に満ちているぞ！　だから、眷属の誰《だれ》もお前に近寄らないんだ！」

叩《たた》きつけるような言葉に、ハーレンが絶句した。それから自分の体を見下ろして震え出す。

「ば、馬鹿な——私が、陰の気？」

「契約の代価だ！　——そんなことも分からずに、契約をしたのか！」

吐《は》き捨てるようにユリウスが言うのに、一連のやりとりを黙《だま》って見ていたカイが言う。

「玉座の設計図の裏が、お前がクレイド・フォーン・オルシャエルゴと交《か》わした契約書になっていた。お前はその身を結界の媒介に変えることに同意していたな？」

「そ、れは——ッ！　私は、騙《だま》されて——二百年も、貴方を陥《おとし》れるつもりなど、微塵《みじん》も——!!　ただ、私は、貴方に私を見て欲しくて——」

「囚《とら》われの身になった俺をしばらくしてからお前自身が救い出して、俺の『家族』になるつもりだったんだな。クレイド・フォーン・オルシャエルゴの方が一枚上手だったようだが。それに——ハーレン。たとえ、お前が俺を助け出してくれたとしても、俺がお前に抱《いだ》いたのは感謝だけだっただろうな。二百年前にも言ったが、お前にもう一度言おう」

静かにカイが唇《くちびる》を動かして言った。

「俺は、お前とは『家族』になれない。大切な眷属の一人だ。それだけだ」

取り付く島もない、冷ややかな答え。それに、ハーレンがひゅっと息を呑んだ。それから絶《ぜっ》叫《きょう》が迸《ほとばし》る。

「なぜ、私では駄目《だめ》なのですか——ッ!!　聖獣様!!」

切実な訴《うった》えに、カイはほんの少しの哀れみと共に答えた。

「——お前が俺のフィンリィでは無いからだろうな」

それは、誰にもどうしようも無い事実だった。

ハーレンが小刻みに体を震《ふる》わせて、それから絶叫する。そのままユリウスを突《つ》き飛ばして、カイめがけて走り出した。

突き飛ばされたユリウスが、黒犬の姿に戻《もど》って床《ゆか》に倒《たお》れ込んだ。

気を失っている。

まるで、濃《こ》い陰の気に中《あ》てられた時のようだ。そう思ったのと同時に、フィンリィは咄嗟《とっさ》にカイの腕を振《ふ》り解いて、庇《かば》うように前に出た。

妙《みょう》に、全《すべ》ての動きがゆっくりに見えた。

怒りに赤い目をぎらぎらとさせたハーレンの表情が、はっきりと見える。それが迫《せま》ってくるのを見ながら、フィンリィの頭は妙に平静だった。そのまま伸《の》びてきたハーレンの腕がフィンリィに触《ふ》れる。

その途端《とたん》に、ばちっ、と何かが弾《はじ》けるような音がした。

「フィンリィ！」

鋭《するど》い閃光《せんこう》に、目が眩《くら》む。瞬きをしたのと、後ろに強く引き寄せられたのは同時だった。不思議に思って自分の体を見るが何ともない。

しかし——足下《あしもと》には悶絶《もんぜつ》して転がる、巨大《きょだい》な蝙蝠《こうもり》の姿があった。

「大丈夫《だいじょうぶ》か⁉」

いつになく焦《あせ》ったような声がして顔をのぞき込まれて、思わず頷《うなず》く。それにカイが安堵《あんど》の息を吐きながら、きつくフィンリィの体を抱き締めた。

「カイ、あの——ユリウスさん」

陰の気に中てられたのであれば、自分が回復させられる。そんな風に訴えれば、渋々《しぶしぶ》と言わんばかりの顔でカイが腕を緩《ゆる》める。

仰向《あおむ》けに気絶した黒犬に近付いて、横に膝《ひざ》を突《つ》いて慎重《しんちょう》に撫《な》でる。硬直したようにぴんとなった四肢《しし》が、しばらくしてから震えだした。だらりと弛緩《しかん》して、ぐるりと腹を向けた黒犬が「くぅん」と鳴き声を上げて、緩やかに尻尾《しっぽ》を振る。

その様子に安心したところで、カイが黒犬に声をかけた。

「ユリウス」

その言葉に、うっとりと閉じられていた黒犬の目が、ぱちっと開いた。そのまま体を転がして、立ち上がると同時に人の姿を取る。決まり悪げに咳払《せきばら》いをするユリウスの顔は真っ赤だった。ユリウスの体には特に異状が無いようで、ほっとする。

そうしていると、再びカイの腕の中に問答無用で引き戻された。後ろから、まるで離《はな》さないと言わんばかりに抱き締められるのに戸惑《とまど》っていれば、カイが視線を眷属《けんぞく》たちの方へ向けた。

「それで、俺を陥れたのは眷属だった訳だが――これを俺は忘れないでいれば良いのか？」

そうカイが告げた途端に、先ほどフィンリィを「家族」にすることを短慮《たんりょ》だと責めていた者たちが、さっと顔を青ざめさせて口を噤《つぐ》んだ。

謁見の間に集《つど》った者たちに動揺《どうよう》が広がっていく。それを眺《なが》めながら、カイは気絶したまま動かないハーレンに目を向けた。

「――ハーレンはクレイド・フォーン・オルシャエルゴと契約を交わして、長年呪具《じゅぐ》として指輪の力を結界に伝える媒介をしていたせいで、宿す気が陰の気に変じている」

フィンリィに対しての説明でもあり、眷属たちに向けての言葉でもあるようだった。その声を聞いていると、すっと腕を伸ばしてカイがハーレンに掌《てのひら》を向けた。

「ハーレンの好意を断ったのは、俺の意思だ。その後の行動と、策にはまったのは俺の認識《にんしき》が甘かったせいだ。だが、この陽の気があふれる土地で、このままハーレンが暮らしていくのは無理だろう」

陰の気に弱い眷属たちの中に戻すことも困難だ。そう言って、カイが指を鳴らす。途端に黒い巨大な蝙蝠は、青白い顔をした青年へと姿を変えた。

「蝙蝠の長《おさ》、ハーレンは——動物の姿を取り上げる。そして、人間たちと共に他《ほか》の大陸に流刑《るけい》とする。今後は、人間として残りの人生を全《まっと》うして貰《もら》おう」

厳《おごそ》かな決定の声に、反対の声を上げる者はいなかった。

眷属たちの間から、小柄《こがら》な少女が歩み出て、膝を折る。

「聖獣様」

黒髪《くろかみ》を結《ゆ》った少女が膝を突いて、頭を下げる。

どうやら、ハーレンの後に蝙蝠の眷属の長をしているのは、この少女らしかった。少女と言っても、軽く百年単位を生きる眷属なので、フィンリィより遥《はる》かに年上なのは間違《まちが》い無い。

「我が種族から、斯様《かよう》な者を出してしまい——大変申し訳ございません。ユリウス様にも、聖獣様のご家族様にも、大変ご迷惑《めいわく》をおかけし、お見苦しいところをお見せしました」

それに続いて、ぞろぞろと続いた者たちが頭を下げた。どうやら蝙蝠の眷属たちらしい。行方知れずだった自分たちの長が、聖獣を陥れた張本人だと知って、誰もが顔を硬《かた》くしている。

カイは鷹揚《おうよう》に言った。

「お前たちに咎《とが》は無い。強《し》いて言うなら、俺の脇《わき》の甘さが原因だ。――だが、ハーレンが別の地にたどり着くまで身柄《みがら》はお前たちが監督《かんとく》してくれ。頼《たの》めるか？」

「確かに」

命を厳かに受けると、気絶したままのハーレンの体を、蝙蝠の眷属たちが集まって直接手を触れないように布で包んで、引きずるようにして謁見の間から連れて行く。

その様子に、先ほどよりも顔の赤みが引いたユリウスが咳払いをして告げた。

「そこの者たちも、船に運んでしまいましょう。人間たちを導いていたのは、彼らでしょう。さすがに見知らぬ大陸に、首脳も無しに送り出しては不憫《ふびん》です」

そう言いながらユリウスが指したのは、目の前の出来事を呆《ほう》けた顔で眺めている国王たちと宰相《さいしょう》だった。

「それもそうだな」

ユリウスの言葉を受けて頷くカイの言葉に、異を唱えるように口を開いたのは――意外なことに国王だった。

「待て――！　私はお前が抱《かか》えている子の父だぞ!!」

その言葉にフィンリィの頭を過《よ》ぎったのは、純粋《じゅんすい》な驚《おどろ》きだった。

フィンリィのことなど、面倒《めんどう》ごとの一つぐらいにしか認識していなかった筈《はず》の国王が、これほど熱心に血の繋《つな》がりを強調して来たことなど、今までに無い。

「お前たち獣《けもの》は、私から子を取り上げるつもりか!?　その子を家族と引き離すつもりか!?　その子のためにも、我々はここに残るべきだ‼」

国王の口から繰《く》り出されたあまりにも酷《ひど》い主張に、フィンリィは絶句した。

それどころか、王妃《おうひ》までもが国王の言葉に乗り、あれほど憎々《にくにく》しげな視線を向けてきたエイヴェリィまでもが追従した。

「その子はわたくしがお腹《なか》を痛めて産んだ子よ⁉　わたくしは、その子の母親なのよ⁉　それならば、少しは敬意を払《はら》ったらどうなの！」

「俺は兄上の弟だぞ！　兄上がここに残るというのなら、俺にだってここに残る権利はある筈だ！」

先ほど獣《けだもの》と蔑《さげす》んでいた口で、必死になってこの大陸に残るための言葉を連ねてくる「元」家族たちを見て、フィンリィは言葉も無かった。

要するに、国王一家は――フィンリィの血の繋がった家族たちは、家臣や国民を全て見捨てるつもりなのだ。これから見ず知らずの大陸に送り出される彼らを心配するでもなく、今まで散々邪険《じゃけん》に扱《あつか》ってきたフィンリィとの血の繋がりを主張して、なんとかこの居心地《いごこち》の良い大陸に居座るつもりなのだろう。カイの振る舞《ま》いから、この大陸の中で統治者としてカイが高い地位にいることを見抜《みぬ》き、その腕《うで》の中にいるフィンリィを見て、それを利用して自分たちの身の安全と保障を要求してきている。

あまりにも厚顔無恥《こうがんむち》な態度に、感心すれば良いのか、呆《あき》れれば良いのか。とにかく、言葉が出て来ない。

数年前のフィンリィであれば、国王たちの言葉に驚きと共に喜びを覚えたかも知れない。

しかし、既《すで》に——自ら姓《せい》を捨てて縁《えん》を切ると宣言した相手からそう言われても、不思議なほどに心に響《ひび》かなかった。

ただただ、困惑《こんわく》すると共に——やるせなさが襲《おそ》ってくる。

——この人たちは、本当に。

どうして、こうなってしまったのだろうと思いながら、頭に浮《う》かぶのは狭《せま》い部屋の中で——慎《つつ》ましく一生を終えた伯父《おじ》の姿だった。

——どうして、この人たちは。

そんな情けない気分でフィンリィが口を開くよりも先に、怒《いか》りに満ちた声を発したのはカイだった。

「黙《だま》れ」

有無《うむ》を言わせぬ一喝《いっかつ》に、身勝手な主張をしていた三人が押し黙る。

「——名前も覚えていないくせに、何が家族だ」

吐《は》き捨てるように言って、青金色を物騒《ぶっそう》に光らせる。

カイがフィンリィの体を抱《だ》き込んで、国王たちを睨《にら》みつけた。

「今更《いまさら》、なんだ、お前たちは？　馬鹿《ばか》馬鹿しい。あれだけ、この子を傷つけておいて、邪険にしておいて。どの口が『家族』だというのか？　お前たちが？　今更？　この子の何を知っている？　何に喜び何に悲しみ、何が好きで何が嫌《きら》いかも知らない癖《くせ》に——自分たちで捨てておいて、今更惜《お》しくなって拾い上げようとしたって無駄《むだ》だ。この子の『家族』と名乗って良いのは、俺ともう一人だけだ。そして、そのもう一人はすでにこの世にいない。お前たちは、この子に対して何の権利も無い」

怒りをたぎらせたカイが、一つ呼吸を置いて低い声で言う。

「この子の『家族』は俺だけだし、俺の『家族』もこの子だけだ」

二度と、この大陸に足を踏《ふ》み入れるな。

吐き捨てたのと同時に、ユリウスが手を上げて合図をした。人の姿から、犬の姿へと変じた眷属たちが、一斉《いっせい》に国王一家に飛びかかる。四つ足の動物を極度に嫌う三人が、悲鳴を上げながら、謁見《えっけん》の間から連れ出されていった。

残ったのは死人のような顔色をした宰相だけだった。

先代国王――祖父の玉座が消え去り、国すら無くなった。そのことが老人にはことさら応《こた》えているらしい。一気に十歳以上老《ふ》けたような顔をした宰相は、濃《こ》い灰色の瞳《ひとみ》を向けながらフィンリィに向かって呟《つぶや》いた。

「殿下《でんか》の瞳の色さえ、赤褐色《せっかっしょく》であれば――」

そうすれば、こんなことには。

あの方の理想を、こんな風に覆《くつがえ》すことには。

絶望の詰《つ》まった声で繰り返される言葉を遮《さえぎ》ったのは、ユリウスだった。無言で宰相に近寄ると、その首に手刀を叩《たた》き込んで気を失わせて、駆《か》け寄ってきた己《おのれ》の部下であろう大型犬にその枯《か》れ木のような体を託《たく》しながら、ぼそりと呟いた。

「――瞳の色ぐらいで己の主を見誤っておいて、勝手なことを言うな」

その言葉に驚いて、思わずフィンリィはユリウスを見る。

フィンリィの視線に気づいたユリウスは、なんとも言えない表情をして視線を明後日《あさって》の方に向ける。フィンリィを見ないように視線を逸《そ》らしたまま、ユリウスが言う。

「聖獣《せいじゅう》様、これからどうなさいますか！」

あからさまに話を逸らそうとするような大声だった。それにカイが微《かす》かに笑いながら、フィンリィを腕に抱き込んだまま言う。

「そうだな、これからのことについて話をするか」

そんな言葉と共に、カイがフィンリィの額に口づける。

統治者の帰還《きかん》。

あるべき姿に戻《もど》ったことを大地が祝福するように、その日――第七大陸ダルネラには、満天の星が煌《きら》めいた。

終章

数千人を超《こ》える規模の漂流《ひょうりゅう》者が、とある大陸の港町にたどり着いたのは、ある晴れた日のことだった。彼らは奇妙《きみょう》な一団だった。貨幣《かへい》を知らない。労働を知らない。言語すら通じない。どこの大陸のものとも知れない衣装《いしょう》に身を包んでいる。そして、不思議なことに――彼らが乗ってきた立派な船は、全員が上陸した日の夜に忽然《こつぜん》と姿を消した。

その港町は、とある大国の管理下にあった。

首都から役人が遣《つか》わされ、流れ着いた集団が一体どこの者たちなのか徹底《てってい》的な聞き取りが行われた。なんとか片言で意思《いし》疎通《そつう》が出来るようになると、彼らは神話に出てくる幻《まぼろし》の第七大陸からやって来たのだと――そう主張していることが分かった。

彼らを率いてまとめていたのは「宰相」と呼ばれる老人だったが、その老人は疲《つか》れ切った顔をしていて役人たちから聞き取りをされている最中に倒《たお》れて、そのまま帰らぬ人となってしまった。理性的な窓口を失った集団への役人の聞き取りは困難を極《きわ》めた。

最初は物珍《ものめずら》しさから市井《しせい》の人々の興味を引いたが、何も生産することが出来ないというのに、やけに横柄《おうへい》な態度を取るその者たちに対する人々の興味や関心は次第《しだい》に薄《うす》れていった。また、一向に進まない聞き取りに辟易《へきえき》した役人は、「未開の部族が事故により流れ着いただけ」と結論付けて上層部へと報告をした。大国としては、特に国に利をもたらすでもない彼らを養う義理は無い。それぞれに自活の道を探すよう言い渡《わた》して、役人を首都へと引き上げさせた。

最初はぴったりと集団で固まっていた彼らだが、やがて仕事に就《つ》ける者たちから、順々にその集団を離《はな》れていった。散り散りになっていく集団の中で、最後まで上陸した土地から離れずに、第七大陸に帰ると繰り返していたのは——王族を名乗る一家と、かつては蝙蝠《こうもり》だったと主張する男だけだった。

動物たちの楽園、第七大陸など神話に出てくるお伽噺《とぎばなし》に過ぎない。

そこの国王と王妃と王子を名乗る一家と、かつて自分は蝙蝠だったと主張する男を、その港町に住む者たちは哀《あわ》れみの目で見つめ、時折、善良な者が施《ほどこ》しを与《あた》えていた。

それから何年か経《た》ったある日——彼らは、町から忽然と姿を消した。

ぼろぼろの木片《もくへん》を繋《つな》ぎ合わせた粗末《そまつ》な船で、幻の第七大陸を目指して漕《こ》ぎ出して行く彼らの姿を見たという者もいたが、噂《うわさ》の真相は知れない。

——そのまま彼らの存在は、人々から忘れ去られていった。

＊＊＊＊

神が動物たちに与えた、第七大陸ダルネラ。

二百年に及《およ》ぶ人間たちの支配によって変わってしまった土地を回復させ、建物を撤去《てっきょ》し、元の姿に戻すために聖獣の眷属《けんぞく》たちは日夜働いていた。

オルシャエルゴの一族が統治していた名残《なごり》は、もう殆《ほとん》ど残っていない。

唯一《ゆいいつ》残っているのは、かつて離宮《りきゅう》と呼ばれていた——今は聖獣と伴侶《はんりょ》の住処《すみか》として知られる小さな建物だけである。その扉《とびら》を開けて、外に出るとフィンリィは目を見開いた。

「ユリウスさん？」

見慣れた黒犬が、花をくわえていたからだ。フィンリィの声に飛び上がった相手は、慌《あわ》てたようにくわえていた花を置いて、物凄《ものすご》い勢いで駆けて行ってしまった。

ぽかん、とその様子を眺《なが》めていると、背後からするりと腕が伸《の》びて来てフィンリィの体を後ろから抱いた。

「どうした？」

肩口《かたぐち》に顎《あご》を預けるようにして訊《たず》ねるカイに、フィンリィは困ったような顔で告げる。

「ユリウスさんが——」

「ユリウス？」

「来てたのに、声をかけたら花だけ置いて行っちゃった……」

それなりの付き合いになって来た筈《はず》なのに、あの犬の眷属の長《おさ》に少しだけ避《さ》けられているような気がして、フィンリィは肩を落とす。そんなフィンリィの様子に、肩を揺《ゆ》らしてカイが笑いながら言う。

「心配するな、フィンリィ。ユリウスの奴《やつ》は、照れているだけだ」

「——照れてる？」

「最初にお前にキツく当たったからな。今更どうやって態度を変えたら良いのか分からないいんだろう。後、お前に撫《な》でられたら無条件にめろめろになるのも不本意らしい」

「はぁ……」

そうなの？　と、首を傾《かし》げて呟きながら足を踏み出す。

そこには王家の墓所から移設してもらった伯父《おじ》の墓があった。ユリウスがくわえてきた花は、ちょうどそこに捧《ささ》げられるように置かれていた。

鮮《あざ》やかな橙色《だいだいいろ》の花は、亡《な》くなった伯父の右目によく似た色だった。

「……ユリウスさん、覚えていてくれたんだ」

「あいつは律儀《りちぎ》だからな。言っただろう、ツンケンしているが悪い奴じゃないんだ」

今日はフィンリィの名付け親――クインツィ・フォーンの命日だった。

もう一年も前の出来事になる。

たった一度だけ。それも、僅《わず》かな時間しか会えなかったその人のことはフィンリィの脳裏《のうり》に確かに焼き付いている。そして、共に伯父の最期《さいご》に立ち会ってくれたカイも――もちろん、覚えていてくれる。

けれども、それ以外に自分の大切な人のことを覚えていてくれる者がいるというのは、素直《すなお》に嬉《うれ》しいことだ。

「お礼、言ったら嫌《いや》がるかなぁ」

「下手《へた》くそにとぼけるだろうから言ってやると良い。面白《おもしろ》いぞ」

「……カイってば」

冗談《じょうだん》混じりの笑い声に呆《あき》れた顔を向ければ、思ったよりも優《やさ》しい青金色が自分を見つめているのに、フィンリィは少しだけ息を呑《の》んだ。

「フィンリィ」

穏《おだ》やかな声が名前を呼んで、そして訊ねる。

「幸せか？」

その言葉に目を見開いて、フィンリィは顔をくしゃりと歪《ゆが》ませる。

幸せになりなさい。

そう言ってくれた人の声を、まだ鮮やかに覚えている。

その人が思い描《えが》いたような幸せと、自分はかなり異なった道を歩んでいるだろうと思う。それが正しいかどうかは分からない。けれど、決して悔《く》いは無かった。

「……カイは？」

不死の聖獣。

そのたった一人の相手に選んだのが自分で、後悔《こうかい》はしていないのか。そう問いかけるように見上げれば、カイが軽《かろ》やかに笑って言う。

「俺が不幸せなら、この世の中に幸せなんて無いだろうな」

そう言いながら、引き寄せられて唇《くちびる》が重なった。

柔《やわ》らかく啄《ついば》むように口づけられて、それが離れる。そのまま囁《ささや》く声が言う。

「愛している」

何度も何度も積み重ねられて来た言葉に、胸がいっぱいになる。言葉に出来ないような気分に満たされたまま、フィンリィは相手の首に腕《うで》を回した。

左手の中指。そこには、この大陸の統治者の証《あかし》である金の指輪が塡《は》められている。

――どうせ俺と離れることなど無いのだから、フィンリィにこれを預ける。

そんな風に無造作を装《よそお》いながら、それをフィンリィの指に塡めた時、らしくもなく相手が緊《きん》張《ちょう》していたことにフィンリィは気付いていた。

それからずっと、フィンリィの中指にその指輪は塡められている。

傍《そば》にいること。それを言外に主張するように塡められた指輪。

まるで、この世の光を一つに集めたように美しく輝《かがや》くそれ。

その光を見つめながら、フィンリィはそっと相手の名前を呼ぶ。

「……カイ」

「うん？」

「――僕も」

愛してる。

一年経って、ようやく、その言葉を口にするだけ自分の気持ちが育ったと、そう思えるようになった。

そっと紡《つむ》いだ言葉に、驚《おどろ》いたように青金色の目が見開かれて、それから相手はこの上無く嬉しそうな顔をして、フィンリィの体を思い切り抱《だ》き締めた。そのまま唇が塞《ふさ》がれて、有《あ》りっ丈《たけ》の愛情を込めた声が言う。

「——フィンリィ、俺のフィン」

たった一人だけ呼んでくる名前と愛称《あいしょう》。それに胸が震《ふる》えるような喜びを覚えながら、自分だけが付けた名前をフィンリィも呼んだ。

「カイ」

——お前も一人なの？

そんな言葉と手を伸ばした、あの頃《ころ》の自分は——こんな未来が待っているなんて夢にも思わなかった。ただ傍にいるだけで得られる幸せも、与《あた》えられる温《ぬく》もりに心が満たされることも。

一人と一人が肩を寄せ合えば、二人になる。

ただ、それだけの単純なこと。

それが、こんなにも——温かくて嬉しくて。

「幸せにしてくれて、ありがとう」

いつだって傍にいてくれた相手にそう言いながら、フィンリィは心の底から微笑《ほほえ》んで——もう届かない人へ、そっと胸の中で言葉を送る。

——幸せです、ありがとう。
そして、これからも幸せになっていく。
顔を見合わせて笑って、どちらからともなく口づける。
降り注ぐ太陽の光は、今日も美しく世界を照らし出していた。

END

あとがき

こんにちは、あるいは初めまして。貫井《ぬくい》ひつじです。

この度《たび》は、拙著《せっちょ》をお手に取っていただきありがとうございます。

皆様《みなさま》いかがお過ごしでしょうか。

貫井の方と言えば、時間指定の宅配便の配達業者がインターフォンを鳴らしたところ、時間つぶしに読み始めた本に没頭《ぼっとう》していたせいで、インターフォンの音に飛び上がり膝《ひざ》をテーブルに強打。挙げ句に、持っていた文庫本を放り出し、山積みにしていた本に激突《げきとつ》。雪崩《なだれ》を起こした本によって、棚《たな》の上に置いておいた頂き物のチョコレートの大箱がひっくり返り、チョコレートが床《ゆか》に散乱。膝に青痣《あおあざ》が出来、部屋中がチョコレートの香《かお》りに包まれました。蟻《あり》が湧《わ》かなかったのが、不幸中の幸いです……。これぞ、悪魔《あくま》式ピタ◯ラスイッチ……。

子どもの頃《ころ》は、この年齢《ねんれい》の時には、もっと落ち着いた大人になっていると思っていたのですが……理想と現実のギャップとはこのことか。一体いつになったら自分は落ち着くのだろうかと、日々自問自答です。そんな粗忽《そこつ》者な貫井ですが、なんとか元気に生きております。

さて、本作品はいかがでしたでしょうか。

粗忽が災いして、この度は執筆《しっぴつ》スケジュールを大幅《おおはば》に蛇行《だこう》させてしまいました……。編集担当様が、いつも関係各所との調整にご尽力《じんりょく》くださっているお陰《かげ》で、なんとか本作を世に送り出すことが出来ました。いつもながら、大変ありがとうございます。そして、また、見捨てずに、これからもお付き合いいただけましたら幸いです（切実）。

そして、鈴倉《すずくら》先生！　二度目まして、ありがとうございます。前回も激しくご迷惑《めいわく》をおかけした覚えがあるのですが、今回も再びということで……本当に、申し訳ございません。そして、素敵《すてき》なイラストをありがとうございました。主人公の境遇《きょうぐう》がいつになく過酷《かこく》になってしまいラフを見て「こんな可愛《かわい》い子を、私はなんて目に遭《あ》わせているんだ……！」と落ち込みましたが、鈴倉先生のお描《か》き下さった聖獣《せいじゅう》が非常に良い男なので、安心して主人公を託《たく》せそうです。ありがとうございます。もれなく不出来な作者が付いて来ますが、今後も機会がありましたら、ぜひまたお願いをしたいと思っております……。

最後に、読者の皆様。

本作品にお付き合いいただき、ありがとうございました。

相変わらず厳しく、辛《つら》いニュースなどを目にする日が多いかと思います。社会で生きるとなると、誰《だれ》かの起こした何かによって、思わぬ影響《えいきょう》を受けて困惑《こんわく》するような事態に遭遇《そうぐう》することも多くあるかと思います。そんな理不尽《りふじん》に向かいながら、日々を一生懸命《いっしょうけんめい》生きている方々の一時の息抜《いきぬ》きになればと思いながら、拙著を仕上げました。

優《やさ》しい人にきちんと優しさが巡《めぐ》っていくような、そんな世界になれば良いなと、世界の片隅《かたすみ》より密《ひそ》かにお祈《いの》りしております。

また、お会いできる日がくるのを心よりお待ちしています。

最後のページまで目を通して下さり、誠《まこと》にありがとうございました。

貫井　ひつじ

KADOKAWA RUBY BUNKO

不遇《ふぐう》の王子《おうじ》と聖獣《せいじゆう》の寵愛《ちようあい》

貫井《ぬくい》ひつじ

角川ルビー文庫　23796

2023年9月1日　初版発行

発行者――山下直久
発　行――株式会社KADOKAWA
〒102-8177　東京都千代田区富士見2-13-3
電話 0570-002-301（ナビダイヤル）
印刷所――株式会社暁印刷
製本所――本間製本株式会社
装幀者――鈴木洋介

●お問い合わせ
https://www.kadokawa.co.jp/（「お問い合わせ」へお進みください）
※内容によっては、お答えできない場合があります。
※サポートは日本国内のみとさせていただきます。
※Japanese text only

ISBN978-4-04-114056-7　C0193　定価はカバーに表示してあります。

◇◇◇

片羽の妖精の愛され婚
Novel
市川紗弓
イラスト／街子マドカ
愛妻家な英雄公爵×片羽の妖精花嫁。
愛を知らない花嫁は蜜愛に溺れる――。
きみを想うと
愛おしさで胸が痛い。
もっともっと
きみに触れたい。
妖精郷を囲む大森林を救った礼として公爵へ差し出された妖精のリゼル。片羽だから厄介払いされたのだと落胆するが、公爵は大切な伴侶として自分を溺愛してくれる。リゼルは笑顔とともに妖精の力を開花し始めるが…？

KADOKAWA RUBY BUNKO

角川ルビー文庫

いつも「ルビー文庫」を
ご愛読いただきありがとうございます。
今回の作品はいかがでしたか？
ぜひ、ご感想をお寄せください。

〈ファンレターのあて先〉

〒102-8177 東京都千代田区富士見 2-13-3
株式会社KADOKAWA
ルビー文庫編集部気付
「貫井ひつじ先生」係